JN305816

庫

とにかく散歩いたしましょう

小川洋子

文藝春秋

目次

初　出　毎日新聞（二〇〇八年六月十日〜二〇一二年三月十四日）
　　　　連載の「楽あれば苦あり」を改題
単行本　二〇一二年七月　毎日新聞社刊
DTP制作　ジェイ エスキューブ

とにかく散歩いたしましょう

［る］と［を］

三歳の姪《めい》っ子はもちろんまだ字は読めないのだが、本をめくるのは上手である。絵本に限らず『家庭画報』でも『文藝春秋』でも、一ページ一ページ最初から最後まで粘り強くめくることができる。

ところが先日、ただ単にめくっているだけではなく、時折ページのある一点を素早く指差しているのに気づいた。目に見えない誰かに向かって、暗号を送るような仕草だった。注意して観察すると、その一点はすべて、ひらがなの［る］であった。数ある文字の中から、たった一文字［る］だけが、彼女の指先により特別な印を与えられていた。

たぶん［る］の形が彼女の好みに一番フィットしたのではないだろうか。よく見れば、確かに愛らしい形をしている。リボンの端がクルッと丸まったようでもあるし、リスがクルミを抱いているようでもある。彼女の中で［る］が一体どんなものに変身し、どんな物語を作り出しているのか想像もつかないが、きっとそれはふわふわと柔らかく、思わず手をのばして頬《ほお》ずりせずにはいられない形をしているのだろう。そして彼女と［る］は、大人が誰も邪魔できない、二人だけの親密な関係を築いているのだ。

少年時代の思い出を綴《つづ》った中勘助の自伝的小説『銀の匙《さじ》』には、［を］の字のエピソードが登場する。主人公の少年は病弱で泣き虫で、伯母さんの後ろばかりくっついて回っている。人見知りの彼は、半日でも一日でも窓と簞笥《たんす》の隙間《すきま》に入り込んでいる。いつとはなしに少年は、簞笥に鉛筆で［を］の字を書き始める。大小無数の［を］が簞笥の横板にずらずらと行列を作る。

しかしこれは単なる落書きではなかった。彼は［を］の字に女性が正座している姿を見出し、弱虫の自分を慰めていたのである。［を］の字に潜む女性は心優しい人物であった。彼の気持を親切に受け止めてくれたらしい。

薄暗い片隅で少年は、鉛筆の先が簞笥の木目に埋まるのも気にせず、一心に

［を］の字を書いている。やがて小さな字の奥から、女の人が微笑《ほほえ》みかけてくる。慎《つつ》ましい着物姿の色白の女性だ。その人は少年の頭をそっと撫《な》でてくれる。「いい子だねえ。とってもいい子だねえ」という声も聞こえてくる。髪の毛に触れる掌《てのひら》は温かく、鼓膜に響く声は慈愛に満ちている。その時少年と［を］の間には、彼らだけに通じ合う物語が広がっている。

子供が初めて言葉を覚えてゆく過程では、きっと大人の想像をはるかに超えるドラマティックな展開が繰り広げられているに違いない。残念ながら中勘助のような人は稀《まれ》で、多くの子供たちは文字との初々しい関わりを自分だけの秘密にして、大人には教えてくれない。

ただ、作家の母国語ではない言語で書かれた小説を読む時、子供たちの隠している秘密の一端が垣間見えることがある。

例えば、アゴタ・クリストフは一九五六年、ハンガリー動乱の折に西側に亡命し、大人になってから習得したフランス語で傑作『悪童日記』を書いた。これは、第二次世界大戦末期、祖母の元に預けられた双子の少年が、過酷な現実の中したたかに生き延びてゆくさまを、双子がノートに記した作文という形で表現した小説である。

クリストフ自身のフランス語がまだ定着しきっていない点、さらに満足な教育を受けていない双子たちの言語能力の未熟な点、この二つが二重になって『悪童日記』の特異な魅力を引き出している。

つまり、一個一個の言葉があまりにもむき出しなのである。当然私は翻訳で読んだのだが、そこには、原始の人間が初めてその言葉を口に出した時の息遣いが残っている。余計な価値観、お節介な前例、気取った飾りなどすべて無視した、辞書に載る前の、ありのままの言葉たちが躍動している。こんな当たり前の言葉に、こんな豊かなイメージが隠されていたのか、と私はしばしば打ちのめされた。ぶっきらぼうとも言える簡潔すぎる文体が潔く、改めて自分の文章がいかに手垢《あか》にまみれているか思い知らされるようだった。

手垢にまみれる前の子供たちの言語感覚には、もしかすると文学の新しい可能性が秘められているのかもしれない。

「今日、遠足に行って、楽しかった」

という一文は、実はとてつもない名文なのだ。大人たちはあれこれ取り繕っているが、楽しい時は、楽しいとしか書けないものなのだ。と、そんなことを考えた。

さて、私自身はどんなふうにして文字と出会っていったのだろうか。最初に友達になったのはどの文字だったのだろうか。残念ながら何も思い出せない。私にとって「る」は「る」であり、「を」は「を」であり、それ以外の何ものでもない。もし、当時の記憶が残っていれば、素晴らしい小説が書けるかもしれないのに……。

ハンカチは持ったかい

父親に愛された娘、の代表選手と言えばやはり森茉莉《まり》であろう。

「よし、よし、おまりは上等よ」「泥棒をしても、おまりがすれば上等よ」

森鷗外は娘を膝《ひざ》に乗せ、繰り返しそう語り掛けていたらしい。教科書でもよく目にする、ブロンズ彫刻のように冷ややかなあの森鷗外の写真からは、とても想像できない情景である。彼女はエッセー『幼い日々』の中で、自身の子供時代について、

〝……何処《どこ》にも苦しみの影はなかった……ただ静かな歓喜があるだけだった。〟

と書き記している。

たとえ自分とは無関係な誰かであっても、その人が親から無条件に愛され、完璧な幸福を味わっている姿を思い浮かべていると、こちらまで平和な気分になってく

る。

ただ、もう少しじっくりエッセーを読めば、鷗外は単純に娘を溺愛《できあい》しただけではなかったことが分かる。二人は立派に親離れ子離れを果たしていたのである。きっかけは十六歳での茉莉の結婚と、それに伴う渡欧だった。〝頭の上に枝を拡《ひろ》げ、匂《にお》いのいい花をつけて、さやさやと鳴っている樹のような父のやさしさ〟はいつしか凝固する。やさしさの本質は変わらなくても、姿かたちだけが変化してゆく。父はその塊を自分の〝灰色の外套《とう》〟に閉じ込めている。そう敏感に感じ取った彼女は、寂しさを味わいながらも一方で、父親の愛をいっそう深く心に刻みつける。

しかし、これが父と娘ではなく、母と息子だったとしたら、途端にニュアンスが変わってしまうのはなぜだろうか。もし母親が息子に向かって「ぼくちゃんは、上等よ」などと口走ろうものなら、きっと気味悪がられるに違いない。息子を持った母親は、時に損な役回りを背負わされる。

とある雑誌で、精神科医の春日武彦さんと歌人の穂村弘さんが家族について対談しているのを読んでいたら、鷗外と茉莉を連想させる場面に出くわした。穂村さんはお母さんを亡くされた経験について、無償の愛が出ていた蛇口が止まったようであり、「人を何人殺してもあなたはいい子」と言ってくれる人がいなくなった、と表現している。森茉莉は父親の愛情を、飲んでも尽きない母乳になぞらえており、泥棒と殺人の違いはあるにせよ、この二組の親子には、どこか共通した手触りを感じる。

ここで春日先生は、家族病理に多く接してきた立場から、自立の重要性を説く。親子関係が健全であればあるほど子供はスムーズに家族から脱出してゆき、病理性のある者が最後まで残る。いくら無尽蔵だからといっても、いつまでも母乳を飲んでいるわけにはいかないのだ。

無償の愛が持つ複雑さを穂村さんは、子供がノーベル賞を取ったとしても、「ハンカチは持ったかい」と心配するような母親の姿に例えている。そういう心配をされた子供は、せっかく自ら努力して獲得した社会的な業績を、見返りを求めないはずの親の愛によって否定されたかのような気持に陥るらしい。

夫の待つヨーロッパへ旅立つ茉莉を停車場で見送った鷗外もきっと、娘に走り寄り、「ハンカチは持ったかい、おまり」と言いたかったのではないだろうか。ハンカチだけではない。ちり紙、傘、薬、着替え……心配事は数限りなくあったはずだ。

けれど実際の鷗外は、見送りの人々の後ろにじっと立ち、微笑みながら二、三度うなずいただけであったらしい。結局この時が、親子の永遠の別れになってしまった。

未熟ながら一応、親の立場にいる一人として私は言いたい。ただ心配するだけならば、どうか子供たちよ、親を許してやってほしい。実際にハンカチを持って、ノーベル賞の授賞式まで追い掛けてきたわけではないのだから。

この心配する心がなくて、どうして生まれたての、自分一人では立って歩けもしない赤ん坊を、無事に育て上げることができるだろうか。ミルクの飲み方がちょっと少なければすぐ額に手を当て、口に入れて喉《のど》に詰《つま》りそうなものは全部片付け、テーブルや階段の角にはクッションのシールを張る。常に最悪の状況を想定して危険を回避してゆく。変な病気じゃないか、ベッドから落ちて頭を打たないか、誘拐されないか。心配の種は尽きない。子育てとは心配することである、と断言してもいいような気さえする。

ノーベル賞をもらう立派な人でも、数々の危険から身を守ってくれた誰かのおかげで命があるからこそ、授賞式にも臨めるというものであろう。

子供が自分の身を自分で守るすべを獲得すれば、あとはもう親の役割などほとんど残っていないも同然である。ただ親たちは心配する習性から一生抜け出せない。いつまでもひたすら心配し続ける。その心配を〝灰色の外套〟にそっと忍ばせている。

イーヨーのつぼの中

毎朝、新聞を広げる。当然ながらどの面も、記事や写真やイラストで埋まっている。本屋さんへ行けば、とうてい読みきれないほどの数々の雑誌が並び、決まった日にちにきちんと新しい号と入れ替わっている。どの一冊を開いても、白紙のページなど一枚もない。

そのことが時々怖くなる。つまり世の中の人々は皆、締切を守っている。各々自分の責任を果たしている。誰も失敗を犯している人はいない。日々秩序正しく印刷物たちが世に送り出されていることが、何よりの証拠ではないか。そしてその秩序を最初に破ってしまうのは、もしかすると自分かもしれない……と、そんな思いにとらわれる。

本来私が書くべきだったページは、真っ白のまま印刷機からガシャガシャと吐き出され、製本されてゆく。ページをめくる読者は、不意に現われ出る白色を前に唖《あ》然《ぜん》とし、瞬きを繰り返し、本当にそこに何も書かれていないことを確かめてから、軽蔑したように、ふんと鼻を鳴らす。白紙の一枚は、長年かけて築き上げられてきた印刷物の歴史に、消しがたい汚点として残る。

だからこそ余計な妄想に浸っている暇があるなら、すみやかに原稿を仕上げるべきなのだが、毎回上手《うま》く運ばない。一向に言葉は浮かんでこず、苦し紛れに何か書いてもいっそう行き詰るばかりで、そうこうしている間にも締切は容赦なく眼前に迫ってくる。

この白い底なし沼に落ちた時、いつも私を慰めてくれるのは、『クマのプーさん』に出てくるイーヨーである。イーヨーはじめじめした森の片隅に住み、一人でいろいろなことを考えている年老いたロバだ。

「なぜ？」「なにがゆえに？」「いかなればこそ？」と頭をかしげて考え続けている彼は、プーさんが遊びに来てくれても陰気な声でしか返事ができない。そのうえ、あまりにもくよくよとわけの分からないことを考えているせいで、大事な自分のしっぽがなくなっているのにさえ気づかないありさまだ。

白い沼に落ちてゆく最中《さなか》には、「がんばれ。君なら書ける。さあ勇気を出して前進するのだ」と威勢よく大声を発する人より、イーヨーのようにため息をつきながら、底の底まで一緒に沈んでくれる人の方が必要になってくる。エネルギーにあふれた自信満々の人は、結局沼のほとりの安全な場所に立って、こちらをのぞき込んでいるにすぎない。その人の励ましはどこにもたどり着けないまま、空《むな》しく泡となって弾《はじ》けてゆく。ああ、あの人はどんどん素晴らしい原稿が書ける才能を持っているんだなあ、それに比べて自分は……と、ますます憂鬱になるばかりだ。

それに引き換えイーヨーはなんと心優しいのだろう。助けを求める人の手を無理に引っ張っても、ただ痛い思いをさせるだけだし、自分にできるのはせいぜい一緒にため息をつくくらいのことだ、と心得ている。

キーボードに指をのせたまま、私はじっと考えている。何をどう考えたらいいのか分からなくなってもまだ、考えている。

「なにがゆえに?」

とつぶやくイーヨーの声が聞こえてくる。

「いかなればこそ？」

石井桃子さん訳のちょっと古風で端正な言葉遣いが、一段と味わい深く心に染みてくる。イーヨーは余計な言葉は口にしない。けれど冷たい沼の水を伝わる微《かす》かな気配で、すぐそばに彼がいてくれるのを感じる。私と同じようにうつむいて、明るい空ではなく、光の差さない底をじっと見つめているのが分かる。

とにかくとことん、どこまでも沈んでみようか、と私は思う。絶望から、というのではなしに、溺《おぼ》れて窒息しないための唯一の方向として、自分の足元のずっと更に下の方を見定める。

するとある瞬間、ふっと小さな手掛かりが目の前に浮かび上がってくる。それは誰にも看取られずひっそりと死んだ魚の死骸《しがい》かもしれない。腐った木の実かもしれない。それを手に取り、またしばらく目を凝らしているうち、うっすら何かの風景が見えてくる。書かれるべきものは、やはり沼の底で待っていたのか、と私は自分の選んだ方向が間違っていなかったことに安堵《あんど》し、ようやく一行めを書き始める。

さて、イーヨーの誕生日、コブタは風船をプレゼントしようとして張り切るのだが、途中で転んでしまう。

「……けがはなかったかな、コブちゃんや？」とイーヨーは優しく心配し、プーさんからプレゼントされたつぼに、〝しあわせこの上もないというようすで〟その割れた風船を大事にしまうのだ。

白紙で印刷されるはずだった私のページも、きっとイーヨーのつぼの中にしまわれているに違いない。印刷物の歴史に刻まれる汚点となる予定だった白紙は、ハチミツのにおいの残るつぼの底に眠っている。

これはイーヨーと私二人だけの秘密だ。

本の模様替え

昔一度読んだきりの本を久しぶりに読み返すと、いつも予測を超える驚きに見舞われる。

「あれ？　こんな話だったっけ？」

最後のページをめくり終えたあと、しばしば私はそうつぶやいている。教科書に載るような有名な小説でさえ、記憶にある姿と目の前の姿が、同じ作品とは思えないほど奇妙にすれ違っている。その驚きが時に、作品自体の感動を上回る場合さえある。

太宰治の『走れメロス』はずっと私にとって気の毒なお話だった。向こう見ずな正義感から暴君に斬《き》り掛かって捕らえられたメロス。妹の結婚式を見届けるため、処刑まで三日の猶予をもらい、親友を人質に残して村へ向かうが、走りに走って刑場へ戻り着いた途端、息絶えてしまう。身代わりとなって処刑される寸前だった親友は、メロスの亡骸《なきがら》にすがって号泣する。友情の真実を証明するのと引き換えに、メロスは自らの命を差し出したのだ。

ところが三十年振《ぶ》りに読み返してみれば、何と『走れメロス』はハッピーエンドではないか。メロスは死んでなどいなかった。ちゃんと約束の時間に間に合って、親友と二人抱き合ってうれし泣きをしている。それを見た暴君までが改心し、群集からは「王様万歳」の歓声が上がる。気の毒な気配などどこにも見当たらない。それどころか、最後、裸のメロスにマントを捧げる少女が登場し、甘い恋の予感さえ漂っている。

歓声が渦を巻く刑場の片隅で、私は一人立ち尽くし、どこかにメロスの遺体が横たわっているのではとあたりを見回してみる。いつまでもあきらめきれず、かと言って誰に文句をつけるわけにもいかず、まあ、誰も死なずにすんだのだからよかろう、という気持で遅ればせながらメロスと親友に拍手を送る。

カミュの『異邦人』で私が間違えていたのは、主人公・ムルソーが犯した殺人についてであった。彼が「それは太陽のせいだ」と言って殺したのはガールフレンドのマリイのはずなのに、本当は名前も分からないアラブ人の男だった。

たぶん高校生の私には、殺す必要のない人間を手に掛け、動機を太陽になすりつけるような展開がどうにも腑《ふ》に落ちず、マリイさんには申し訳ないが、ガールフレンドとの喧嘩の末につい殺してしまったという分かりやすいストーリーを、自分なりにこしらえたのだろう。岡山の田舎に暮らす世間知らずの女子高校生にとって、この不条理殺人は少々あくが強すぎた。頻発する通り魔殺人の犯人たちが、「誰でもよかった」と繰り返し口にする昨今のありさまを見れば、一九四二年に発表された『異邦人』は実に現代的な小説と言えるのかもしれないけれど。

さて先日、編集者から一番好きな絵本について聞かれ、私は張り切って『おなかのすくさんぽ』について語った。

「小さな男の子がクマとライオンに出会って、仲良く一緒に散歩をします。そのうちお腹の空《す》いてきた男の子が、とうとう我慢しきれずに、クマとライオンを食べちゃうんです。すごい絵本です。一度読んだら忘れられません。でもいつの間にか行方不明になって、今は手元にないんです」

後日、編集者がわざわざその絵本を探し出し、送ってくれた。「……小川さんのお話とは少し違っているようですが……」という遠慮がちな手紙が添えられていた。

久しぶりに再会した『おなかのすくさんぽ』を、ドキドキしながらめくっていった。頭でっかちで利かん坊な男の子の感じは記憶のままだった。ところが一ページめから早くも雲行きが怪しくなった。クマの姿はあるが、ライオンはいない。代わりにイノシシ、山猫、ネズミ、モグラ、コウモリ、蛙《かえる》、蛇、と案外大勢登場する。彼らと遊ぶうちに男の子はだんだんと動物めいてくる。

「なんだか　きみは　おいしそうだねえ」

不意にクマがそんなことを言いだす。あれ？　食べられるのは男の子の方だったのか？　私は身構えた。男の子はクマにペロペロなめられ、それだけでおさまらず、そっと腕を噛《か》まれたりもする。みんなのお腹がグーと鳴る。

やっぱり食べられたのは男の子だったんだ。私はそっと最後のページをめくった。

「おなかが　なくから　かーえろ」

動物たちは森に、男の子はお家《うち》に、彼らはさよならも言わずにお別れしていた。それでおしまいだった。

『走れメロス』も『異邦人』も『おなかのすくさんぽ』も、実物の本とは別に、私一人だけのバージョンが記憶の本棚にしまわれている。作者が思いもしなかった形に姿を変えて、しかし私の本棚にはおさまりのいい形を保って、大事に保存されている。

私の書いた小説も誰かの心の中でこんなふうに模様替えされているのだろうか。この想像は私を幸福な気分にする。

散歩ばかりしている

夏目漱石の『こころ』が話題に上った時、一世代下の若い友人が、「ああ、あの散歩ばかりしている小説ね」と見事に一言で言い切った。

確かに登場人物たちはしょっちゅう街を歩いている。歩きながら、考えたり喋《しゃべ》ったりしている。先生が苦悩の一端を語り手の〝私〟に垣間《かいま》見させるのも散歩の途中であったし、一人の女性を巡って先生と親友Kの関係が抜き差しならない状態に陥っていくのもまた、長い散歩の最中だった。『こころ』の中で、大事なことは全部、散歩を通して浮かび上がってくる。

もし、散歩文学というジャンルがあるなら、『こころ』はその筆頭に挙げられるべきだろう。ほかに、梶井基次郎の『檸檬《れもん》』、ヘッセの『車輪の下』、ツルゲーネフの『はつ恋』なども入れたい。武田泰淳にはずばり、名著『目まいのする散歩』がある。『ノルウェイの森』で主人公と直子さんが体を寄せ合って散歩する、ただそれだけのデートを繰り返す場面も忘れがたい。

こんなふうに並べてみると、散歩文学にはあまり威勢のいい作品は似合わないようだ。檸檬を本屋さんに置いてきたり、大人たちの期待に押し潰《つぶ》されて少年が病気になったり、初恋の人をお父さんに奪われたり、どれもこれも心沈むお話ばかりである。

散歩の時、体はもちろん一歩一歩前進しているのだが、気持も一緒に付いて行っているか、というと疑問が残る。むしろ気持の方は一点にとどまり、体が通り過ぎた跡をじっと見つめているような気がする。体と気持がちょうどいいスピードで切り離され、心の底のもやもやとしたうす暗がりにも視線が届く。

例えば行進には、未来にたどり着くべき目的地をしっかりと見据えた勇ましさがある。背筋が伸びている。あるいはピクニックには、もっと心浮き立つ雰囲気がある。空は晴れているし、バスケットの中には美味《おい》しいランチが入っている。

ところが散歩は違う。背中は丸まっているし、雨でも大丈夫。散歩に漂う静けさには、やはり文学が似合う。行進文学、ピクニック文学の棚に並べるべき本を探すのは、少し難しいかもしれない。

さて私も十年以上、朝晩二回の散歩を続けてきた。しかしこれは全く文学的とは言いがたく、ただ犬の散歩に付き合っているだけなのだ。犬を飼う時、決まった時間に川沿いの公園でも歩けば、素晴らしいアイデアが浮かぶのでは、と勝手な妄想を抱いたのは事実だが、現実にはさっぱりいい小説など書けはしなかった。

電信柱の根元に、側溝の蓋《ふた》に、ゴミ袋の山に、犬はぐいぐいと鼻を押し付ける。眉間《みけん》にしわを寄せ、よだれを垂らし、宙の一点を見つめている。その表情は、『檸檬』の青年や『車輪の下』のハンスと同じく、生きることとの複雑さを嘆いているように見えなくもない。その嘆きについて語り合えたらなあと願うものの、犬はフンと鼻を鳴らすばかりだ。

そこへ三つくらいの男の子とお父さんが通りかかった。

「パパ、ままてまてごっこやろう」

まだ上手に回らないお口で男の子がせがむ。ままてまてごっこ、とは何か。

「よし。さあ、まてまて」

そう言ってお父さんは、男の子の後ろを追いかけはじめた。ただそれだけのことなのである。

お父さんはなかなか追いつけない速さで、しかし両腕をのばして今にも捕まえようとする素振《そぶ》りを見せ、男の子は後ろを振り返って一生懸命走りながら、どこかでお父さんに捕まえてもらいたいという気持を隠せないでいる。一切余計な道具を使わずにすぐできる、何と簡潔で見事な遊びであろうか。私はしみじみ見入ってしまった。男の子は世界中に何一つ嘆きなどないという顔をしている。完璧な安心がそこにはある。

ああ、うちの息子も昔はこんな顔をしていたなあ、と私は思う。でも当時は、それがどれほどあっという間に過ぎ去ってしまう瞬間か、気づいていなかった。特別に与えられた一瞬だ、などとありがたく思う暇もなかった。自分はあのお父さんのように、心の底からその一瞬を味わっただろうか。日々のつまらない用事に手を取られ、貴重な時間を見過ごしてきたんじゃないだろうか。

親子の笑い声を聞きながら私は、何もかもが手遅れで取り返しがつかないような気分に陥る。自分の愚かさを嘆く。

「ぼやぼやしている場合じゃありません。さあ、次の電信柱ですぞ」

痺《しび》れをきらせて犬は綱を引っ張る。

取り返しがつかないのに、どうして日々無事に過ぎてゆくのだろう。嘆いたあとに今度は、ふと不思議な気持になる。こんなふうに私と犬は、まるで嘆きを求めるかのように、また明日の朝、散歩に出かけるのだ。

ポコポコ頭を叩きたい

例えば、ホワイトハウスの報道官、ＣＮＮのニュースキャスター、インタビューに答えるハリウッドスター。彼らはなぜあんなにも堂々としているのか。私の話していることはすべて正しいのです、さあ、お聞きなさい皆の者。と言わんばかりに、自信満々なのか。

それは彼らが英語で喋っているからである。社会的な立場には関係がない。ひとたび口から英語が発せられれば、その大げさなリズム、唾《つば》を飛ばさんばかりの破裂音、自由自在に躍動する舌のうねりが、私を威圧する。はい、おっしゃるとおりでございます、とひれ伏しそうになる。

もっとも私には、彼らが何を話しているのか分からない。つまりこの偏見は、英語が苦手なことに対するコンプレックスの、単なる裏返しにすぎない。意味も分からないくせに、あれは威張ってこちらを軽蔑しているんだと、勝手にひがんでいるだけなのだ。

こんな調子だから、外国人と一緒の仕事があると、すさまじく緊張する。もちろん通訳の方はいて下さるのだが、問題は途中、お手洗いなどで席を外される数分間の空白である。

二つの言語が行き交い、あれほどにぎやかだったテーブルが、不意に沈黙に包まれる。どうにかしなければならないと私は焦り、手元にあるコップの水を揺すってみたり、ナプキンを折り畳んでみたりするが、沈黙はいっそうどんよりと重苦しくなるばかりだ。

とうとう耐え切れなくなった相手が、ごく単純な話題を持ち出してくる。これ以上できないほどゆっくり、一語一語発音してくれる。その心遣いがまた私の胸を苦しくする。それでもやっぱり何も答えられない私は、悪いのはあなたではありません、私なんです、と声にならない声で弁解しつつ、沈黙を紛らわすせめてもの役に立てればとの思いで力なく微笑む。

どうしてもっとまじめに英語の勉強をしてこなかったんだ。馬鹿《ばか》馬鹿馬鹿。私は自分の頭をポコポコ叩《たた》きたい気持になる。

私にとって、幾つもの言語を操りながら、広い文学の海をのびのびと航海してゆく、尊敬すべき人の筆頭は須賀敦子さんである。随筆集『ミラノ　霧の風景』によれば、須賀さんは最初、パリ大学で比較文学を専攻した。そこでフランス語以外に、二カ国語以上のヨーロッパの言語を習得しなければならない必要に迫られ、イタリア語の勉強をはじめ、結局はそのイタリア語と最も深くかかわる人生を送ることとなった。

驚くべきことに須賀さんは、生まれて初めてのイタリア語にもかかわらず、いきなり中級クラスからスタートする。どんな言語でも初級クラスは退屈なものだから、途中でくじけないよう、ちんぷんかんぷんでもいい、中級から、というのが須賀さんの理屈だった。

ぐずぐず言っている暇があるなら、とにかくどんと飛び込んで、努力してやろう。ここに、須賀さんのさわやかな大胆さが感じられる。しかも須賀さんは中級レベルなどあっという間に飛び越え、新たに獲得したオールを手に、更に広い海へと漕《こ》ぎ出していった。私がウンベルト・サバやアントニオ・タブッキと出会えたのは、須賀さんの翻訳のおかげだった。

ただし、須賀さんがイタリア語を選んだのは、ちょっとした偶然の成り行きからだったらしい。初めての留学でヨーロッパへ上陸した時、あらかじめつてを頼りに迎えを頼んでいた女性が、イタリア人のマリアだった。心細い留学生活を送る須賀さんを、マリアは何かと励ますこととなる。そしてもう一つ言語の習得が必要となった時、マリアがペルージャの外国人大学を紹介するのだ。ひいてはこのことが、イタリア人の男性と結婚するきっかけともなった。

「……私の個人的ないくつかの選択のかなめのようなところに、偶然のようにしてずっといてくれたマリア……」

『ミラノ　霧の風景』の中で須賀さんは、マリアのことをこんなふうに書き表している。

もし私にも、マリアのような存在がいてくれたら。ふと私は考える。英語でもイタリア語でも何でもいい。さり気なく語学習得の道へと導いてくれる偶然が起きていたら。

いやいや。すぐに私は否定する。須賀さんがイタリア語と出合ったのは、偶然のせいではない。その偶然をつかみ取って、逃がさないように努力したからだ。

私の人生にだって、幾人ものマリアが立っていただろう。なのに努力をしなかった結果が、このありさまだ。私はもう一度、自分の頭をポコポコ叩きたくなる。その一方、自分を責める間に、今すぐにでも勉強をはじめたらいいじゃないか、というささやきも聞こえてくる。ああ、そうだ、その通りだ。どうしようもなく自分は愚かだ。考えてみれば、英語が喋れないどころか、日本語でだってまともな小説も書けていないじゃないか。

そうしていつまでも私は、やっぱり頭を叩いている。

盗作を続ける

偽医者と盗作。

新聞記事にこのいずれかの言葉を発見すると、決して私は素通りできない。二度、三度と記事を読み返し、見ず知らずの被害者及び加害者に思いを馳《は》せ、しばらく考え込む。

作家は資格とは無縁の仕事なので、国から認められた威厳あるお免状を持っている人に、憧《あこが》れを抱く。その裏返しとして、偽の資格を駆使して世渡りしようという詐欺師たちが気掛かりでならない。

いつ偽者だとばれるか、ハラハラしながらの人生とはいかなるものなのだろう。こういう偽医者に限って、「よく話を聞いてくれるいい先生でした」と患者さんから言われるのは、やはり人間、ある程度引け目があった方が善良な外面を保てるという証拠なのか。偽医者が許されないのは当然だが、どんな職業であれ、プロフェッショナルとしての自負とともに、いや自分はまだまだ偽者なのだと卑下する心も、時に必要なのかもしれない。こんな取り留めのない思いにとらわれる。

資格不要の仕事だからこそ、私にとって盗作は大問題である。これは他人事では済まされない。人の論文を丸写しにするという単純なものから、芸術論の戦いになるような複雑なケースまで、盗作もさまざまあるが、たとえ訴えられた側が全面的に謝罪したとしても、後味は悪いものだ。その原因はやはり、動機があいまいなせいだと思われる。

一発当てて大もうけしたかったからです、と白状されれば、何とまあ愚かな、で片付けられるのに、認識不足のうえについうっかり魔が差して、などとうなだれた様子で言い訳をされるとどうもすっきりしない。盗作がそんなぼんやりした理由で行われるのだとしたら、私だって危ないはずだ。これまでの人生で、ついうっかり、の失敗を数限りなく繰り返してきた自分が、どうして盗作などやるはずもないと決め付けることができようか。やってしまったとしてもおかしくないではないか……。

いつしか私は盗作の恐怖に取りつかれてしまう。その不安が極まって、以前『盗作』というタイトルの短編小説まで書いてしまったほどだ。

一つ、小説を書きはじめる。もちろんその時、他の誰かの作品を真似《まね》しよう、あの場面をこっそり頂戴《ちょうだい》しようなどという気持は一切ない。それどころか、かつて誰も書いたことがないような小説を書いてやろうじゃないかと意気込んでいる。

少しずつ風景が色づき、登場人物たちが立体的な姿を現しだす。風の気配や、彼らの息遣い、ささやかな仕草《しぐさ》も伝わってくるようになる。自分の胸に浮かぶこの物語を一つの形にして残そうと、私は一生懸命に書く。

ところが物語の森の奥深くへ分け入って行けば行くほど、登場人物たちが私の手の届かない場所をさ迷いはじめる。冷たい沼の底を漂ったり、洞窟《どうくつ》の暗闇に横たわったり、霧の中に身を隠したり、作者を置き去りにして、自らに最もふさわしい場所を見出す。

私は汗だくになって彼らの跡を追う。書き出しの頃《ころ》は間違いなく、私が彼らに言葉を与えていたはずなのに、いつしか私の方が彼らの言葉を聞き取ろうとして必死になっている。自分の頭の中で作り出した人物たちが、なぜか私など行ったこともない遠い場所から、はるばる訪ねてきた人のように感じられる。

この人たちは私が作ったんじゃない。私が生まれるずっと前から既にここにいたのだ。ようやく、そう気づく。一生懸命に書く、という意気込みが、一生懸命に聞く、と変わってからが、本当の小説のスタートである。

だとしたら私は、登場人物たちの物語を書き写しているに過ぎない。毒入りジャムの製造に没頭する妹、人の記憶を標本にする技術士、江夏豊を愛する数学者、マッチ箱を集める少女。これまでいろいろな人々の小説を書いてきたが、皆、世界の片隅に隠れていた物語を私に話して聞かせてくれた。それはあまりにも長い年月、誰からも振り向いてもらえないまま忘れ去られていたので、化石のようにかたくなに凝り固まっていたが、彼らが辛抱強く息を吹きかけ、掌で温めてくれたおかげで、どうにか言葉という衣装をまとうことができた。

つまり私はずっと、自ら書いた小説を発表してきたような振りをしながら、実は盗作を続けてきたとも言えるのではないだろうか。悪意を持って盗んだわけではないにしても、もし彼らの誰かと行き違いがあって、盗作だと訴えられたら、私は一言の言い訳もできずただ謝るしかできないだろう。

本の表紙には、当然のような顔をして私の名前が印刷されている。恥ずかしげもなく出しゃばっている。それに引き換え、ページの奥にひっそりと潜んでいる登場人物たちの、何と思慮深いことであろうか。

お前は偽者だ。時々私は自分にそう語りかけている。

長編み、中長編み、長々編み

三十五年振りにオールコットの『若草物語』を読み返していたら、手芸がしたくなった。テレビもパソコンもない南北戦争時代、四姉妹と母親は一つのテーブルに腰掛け、針仕事をしながら長い夜を共に過ごす。ハンカチの縁をかがってイニシャルを刺繡《ししゅう》し、スリッパを手作りし、人形の洋服を繕う。

手芸はいい。何でも買ってくれば簡単に手に入る現代だからこそ、心を落ち着け、一点を見つめ、自分のか弱い手を一針一針動かしてゆくのは大事なことだ。大して仕事もしていないのに、締切締切と騒いでがさつな日々を過ごしている私に、今一番必要なのは手芸だ。

と、そう思い至り、早速新聞の折り込み広告で見つけたかぎ針編みの通信販売を申し込んだ。毎月送られてくる毛糸玉と編み図を使って、お花のモチーフを作り、最終的にはそれをつなぎ合わせてベッドカバーを作ろうという壮大な計画である。

ただ、学生時代、私の最も苦手としていた教科が家庭科だった。不器用な上にせっかちな性格が災いし、教科書通りきちんと丁寧にやる、という当たり前のことができなかった。裁縫の宿題はほとんど母に任せていた。母は私とは正反対に手仕事の達人で、編み物、洋裁、和裁、刺繡、染め物、何でもセミプロ級だった。そのため宿題は、先生に怪しまれないよう、手を抜いてやってもらう必要があった。わざと不格好に作るのもそう簡単ではなかったようだが、母はそのあたりの技術にもすぐれた才能を持っていた。

かぎ針を手にするのは中学生の頃以来だったが、針の持ち方や糸の掛け方はまだ覚えているし、四角を編むだけならまあ何とかなるだろうと私は楽観していた。そしていよいよ材料が到着し、さあ始めようと身構えた途端に予測が外れた。最初、作り目は輪からスタートし、左回りにぐるぐると編んでゆくのである。出来上がりが四角だからと言って直線を編むのではなく、輪だったものがなぜか自然に四角になっているという、実に不思議な過程を踏んでいるのだった。

そこから失敗の連続であった。長編み、中長編み、長々編み、パプコーン編み、引き抜きピコット、とややこしい単語が続出する。「二段目のくさり編みをすくって長編みを四目」「二段目のくさり編みをすくって長編み四目の玉編み」この二文に違いがあるとは最初気づかず、自分の勝手な理解のままに進んでいたのだが、途中で長編みと長編みの玉編みは全く異なっていることが判明し、やり直し。当然そこに中長編み、長々編みも参戦し、玉編みとの順列組み合せによって事態はどんどん複雑化してゆく。解いてはやり直しを繰り返しているうち、自分が今どこを編んでいるのか分からなくなり、三段目のつもりでいたのがなぜか編み図の四段目を一生懸命数えていたりする。

「四段目の長々編み三目に各々未完成の長編みを一目ずつ編み入れて三目一度とし、立ち上がりのくさり編み四目に引き抜き編みをします」

名文悪文の基準を超えた、前衛小説のようにシュールなこんな一文は、そう簡単に書けるものではない。ここに隠された真実を求め、私は一行の中をさ迷う。ここから浮かび上がってくるはずのお花の模様を見ようと、目を凝らす。けれど手元に残るのは、何度も解いてよれよれになった毛糸の塊《かたまり》ばかりだ。

そうこうしているうちに、次の月のセットが届いた。この調子で一年間、毛糸玉と編み図ばかりが増えてゆくのか。ベッドカバーは本当に完成するのか。途方に暮れる私の頭の中で、長編み中長編み長々編み……の言葉たちが、どこにもたどり着けないままうごめいていた。

母が元気なら、喜んで教えてくれたのだろうが、と私は思う。数年前、故郷の吉備路文学館（岡山市）で私のために小さなコーナーを作っていただいた時、展示品を選ぶため、実家の母が〝洋子の思い出〟と記して押し入れにしまってあった段ボールを整理した。お習字や通知表、文集などとともに、中学の頃、私が蝶々《ちょうちょう》を刺繍したハンカチが一枚出てきた。それは唯一、母の手を借りずに私が一人で仕上げた家庭科の宿題だった。

本ばかり読んで手仕事に興味を示さない娘のことを、母は寂しく思っていたのかもしれない。本当は『若草物語』のように、お喋りしながら一緒に針を動かしたかったのだろう。だからこそ、ハンカチを大事に取ってあったに違いない。

二か月かかってどうにかモチーフが一枚できた。しかし寸法がどうも小さい。ふと説明書の一行めを見ると、かぎ針5号、と書いてある。なのに私は3号を使っていた。一本の針の右と左が5号と3号に分かれていたのだ。そんなことに今頃気づくなんて……。私は再び途方に暮れている。

肉布団になる

　とあるインタビューで、「執筆の疲れを癒《いや》すものって、何かありますか？」と聞かれ、しばらく考えたのち、「ハダカデバネズミ」と答えた。正確に言えば岩波科学ライブラリーの一冊『ハダカデバネズミ　女王・兵隊・ふとん係』（吉田重人・岡ノ谷一夫著）を常に手元に置き、執筆に飽きると開いて眺めている、ということなのだが、本音としては仕事机の脇に巣箱を置いて本物のハダカデバネズミを飼いたいくらいなのだ。

　ふとした偶然からこの動物の存在を知った時の衝撃と感動は、今でも忘れられない。彼らは、裸で、出っ歯なネズミである。一切の誇張、虚飾を排し、自らの見た目ありのままを名前に掲げる潔さが、まず何より好ましい。少しでも自分をよく見せようと皆が躍起になっている中、「はい、おっしゃる通り。私は裸で出っ歯です」と見事に自分を肯定している。

前出の本によれば、彼らは東アフリカに生息し、地下にトンネルを掘って生活している。上下二本ずつ生えているいかにも硬そうな出っ歯は、口の中に収納できず、結果として、あるのかないのかよく分からないささやかな目や耳や鼻を押しのけ、最も強い存在感を放つこととなる。そして彼らは、寄生虫を防ぐため、未練なく毛皮を捨てた。内臓が透けて見えそうなほど薄く、皺《しわ》だらけでたるんだ皮膚を、惜しげもなく晒《さら》している。十九世紀、世界で初めて発見された時、死にかけているか、逆に生まれたてでまだ完全に成長しきっていないか、いずれにしても本来あるべき真っ当な姿とは思ってもらえなかった彼らである。

しかし、私が彼らに参ってしまったのは、姿かたちだけの問題ではなく、秩序正しい社会生活を送っている点に感心したからなのだ。平均八十匹、最大三百匹にもなるという群れの中に、赤ちゃんを産む女王様はたった一匹。彼女と交尾できるオスが一～三匹。残りは外敵が侵入してきた時、真っ先に駆けつけて食べられる兵隊と、その他雑用をこなす働きデバたちで構成されている。

中でも一番に心ひかれたのは、女王に赤ちゃんが生まれた時、働きデバの一部が床に寝そべって肉布団になるという事実だった。まさに階級社会の底辺にあって、新しい命を守るため、身を捧《ささ》げる肉布団係たち。何という健気《けなげ》な犠牲の精神であろうか。体を丸め重なり合っている肉布団係たちの写真を見た時、私は、その滑稽《こっけい》さを笑えなかった。少しでも居心地のいいベッドになるべく、精一杯使命を果たそうとしている必死な様子に、むしろ涙ぐむ思いがした。

一方、女王様は偉い。定期的に巣穴をパトロールし、さぼっている者を叱《しか》りつける。叱られて反省しているデバの写真がまたドラマチックだ。仰向《あおむ》けに転がり、後ろ足は痙攣《けいれん》したように突っ張り、前肢は「どうかお許しを」と懇願するように顔の前で固まっている。お腹に寄った皺皺がいっそう情けなく、哀れを誘う。

ただし、女王様も決して楽ではないらしい。いつライバルに地位を奪われるか、その恐怖から逃れることはできない。吉田先生、岡ノ谷先生の研究によると、群れの中で最も睡眠時間が少ないのは女王様だった。やはりどんな集団であっても、たとえそれがハダカデバネズミの集団でも、トップに立つ者の責任は重く、孤独は深い。

ならばやはり、特別な一人になるよりも、その他大勢の肉布団係の方が気楽でいいかもしれない。熾烈《しれつ》な競争も、ややこしい駆け引きもなく、ただひたすら布団になりきる。到底出世は望めないが、その代わりたっぷりと眠れる。

同じ布団でも、どうせなら赤ちゃんに直接触れられる位置がいいなあ、と私は思う。最下層で重みに苦しむのが嫌というわけではなく（そもそもそれが嫌なら肉布団係は務まらない）、もしほんのわずかでも希望をかなえてもらえるなら、初々しい赤ちゃんの体温を感じてみたいと願うだけだ。肉布団係にだって、自分なりのやりがいを求める自由くらいはあるだろう。

もう一匹、気になる存在がいる。兵隊の中で極端に太っている一匹、彼は群れの中で女王様と交尾できる可能性を捨て、新たな群れを作るため、旅に出る決心をしたデバである。太るのは、その厳しい旅に備えてエネルギーを蓄えているからなのだ。

行き詰った小説を途中止めにし、私はアフリカの地を旅する一匹のハダカデバネズミのことを考える。変温動物である彼がどうか暑さ寒さで弱りませんように、ヘビに襲われませんように、無事、新しい女王様と出会えますようにと祈る。みるみる痩《や》せてゆく彼の後ろ姿と、肉布団係に包まれてすやすや眠る赤ちゃんと、不眠症の女王様に幸運が訪れるよう願いながら、私は再び小説に戻る。

自分だけの地図を持つ

僕、地図を描くのは得意です、と池澤夏樹さんがテレビのインタビュー番組で答えていらっしゃるのを聞き、なるほどとうなずいた。ミクロネシア、ギリシャ、沖縄、北海道、フランス……世界中さまざまな土地との関わりを通して作品を発表してこられた池澤さんは、やはり、地図に強かったのだ。

旅を好む人は、そうでない人に比べて断然方向感覚がすぐれている。いつでも頭の中に地図が描けて、自分が今どこにいるかきちんと把握できるからこそ、安心してどこへでも移動してゆく。

一方、私のように方向音痴な人間は、いったんこの場を離れてしまったら無事に再び戻ってこられるだろうか、という不安から逃れられない。だからどうしても出《で》不精《ぶしよう》になる。以前、編集者との待ち合わせ場所にたどり着けず、迷子になって電話で助けを求めた時、「今いるのは、駅の北側ですか南ですか？」と聞かれ、「そんなこと分かりません」と答えるしかなかった。「太陽を見ればいいんです」「太陽？そんなものを見たら目が焼けてしまうじゃありませんか。ガリレオはそれで目を傷めたんですよ」などと言って、編集者にあきれられた。

芥川賞の選考会の日、委員の中で最も遠方からいらっしゃるのは、フランス在住の池澤さんである。しかし池澤さんは、ちょっとそのあたりから、ふらりとやって来ました、という風情を漂わせておられる。その前に十二時間にも及ぶ移動があったとはとても信じられないほど、静かで、自然なのだ。新大阪から三時間足らず新幹線に乗って来ただけで、「やれやれ、今回も無事に到着できた」と、ゼーゼー息を弾ませている私とは大違いだ。

地図と言えばアンドレア・バレットの短編『地図に仕える者たち』を思い出す。十九世紀、《大インド地図》カシミール・シリーズ完成の使命を受け、ヒマラヤ山脈の調査隊に参加したイギリス人測量士マックスを主人公にしたこの小説は、人間と地図の関係を描き、異色の魅力を放っている。遭難者の死体を発見することも珍しくない過酷な旅を続けるマックスは、ひたすら測点を目指し、〝谷の屈曲や山の稜線《りょうせん》〟など、目に見えるあらゆるものを平面地形図に描いてゆく。人種も役職も異なる人々が混じり合う隊の中で、人間関係に神経をすり減らしながら、ただ妻からの手紙を読むこと、珍しい植物を採取することのみに喜びを見出している。

しかし、この小説は決して、白紙の地図に一筆一筆発見を刻んでゆく者に対する賛美だけを描いているのではない。そこが恐ろしい点である。長い旅の途中、マックスは子供の頃、優しく賢かった母と植物を摘んだ思い出に浸る。息子の観察眼に特別な力があると見抜いていた母の言葉をよみがえらせる。そしてある日、地図になど縛られず、気ままな探検を楽しんでいる医者と出会い、自分が真に向かうべき場所のありかに気づくのだ。

その場所は、大英帝国が作製する地図では表記できない。マックスが求めたのは、人間の都合によって引かれた境界線ではなく、〝土壌、降雨量、標高、気温によって異なる植物帯〟が大地に浮き上がらせる精密な模様だった。彼に必要なのは大地そのものが描き出す地図だった。

マックスは地図を描くことによって、地図に描かれていない世界が見えてきたのだろう。理不尽な上司も意地の悪い同僚もいない、餓死した遭難者の遺体のように清新な世界。しかしそこには、彼の帰りを待ちわびる妻子もまた、存在しない。この究極の孤独へ、マックスは否応《いやおう》なく引き付けられてゆく。彼は迷わず、もう一つの世界へ足を踏み入れる。なぜなら、彼は地図を描ける人だからだ。

さて、小柴昌俊先生のニュートリノ研究で有名になった、岐阜県神岡にある宇宙素粒子研究施設、スーパーカミオカンデを昨年見学させていただいたのだが、この念願の夢実現は池澤さんのご協力があってこそだった。以前見学の経験がおありになる池澤さんが、施設の先生と私をつないで下さったのだ。宇宙から飛び込んでくるニュートリノをキャッチするための、地下一千メートルに掘られた円柱形タンク。そこには五万トンの超純水がたたえられている。そのタンクの蓋に立った時、宇宙へ旅したにも等しいはるかな気持を味わった。自分の足元で今、ニュートリノが水と反応し、美しい光を放っているのか、と想像するだけでうっとりしてしまった。出不精な私が生涯で最も遠くへ旅した瞬間だった。

ところが池澤さんは、丁度《ちょうど》タンクを修理している最中だったため、普段は閉まっている上部の蓋の穴から、ゴンドラに乗り、水面へ降りたというのだ。それを知った時、正直私は嫉妬《しっと》を覚えた。

地図を上手に描ける人、自分だけの地図を持っている人は、凡人がたどり着けない遠い場所まで、旅ができる。

その時が来たら

人前であんなに泣いてしまうとは、自分でも予定外だったので焦った。泣く、というよりは号泣に近かったかもしれない。今まで何気なくこの言葉を使っていたが、号泣とはつまり、今の自分の状態を指しているのだなあと思いながら泣いていた。大阪の小さな試写室での出来事である。

映画は『マーリー　世界一おバカな犬が教えてくれたこと』だった。同名の原作本はアメリカ人のコラムニスト、ジョン・グローガンが、一匹のラブラドールと過ごした日々を綴ったエッセー集で、以前、この本に推薦の言葉を書いた関係から、試写会に声を掛けてもらったのだ。

だから私は、この物語が可愛い子犬時代からはじまってマーリーの死によって終ることをよく承知していた。もちろん泣くのは避けられないだろうからと、よく乾いた大判のハンカチをハンドバッグに入れておいた。しかしそんな準備など何の意味もなさないほどに、涙は次から次へとあふれ出し、どうにも止めようがなかった。

新婚のグローガン夫妻のもとにやって来たマーリーは、エネルギーの塊のような犬だった。クッションを食いちぎる時も、網戸を突破する時も、ゴミ箱をあさる時も常に全力投球。人間が大好きで、その気持を全身で表現しなければ気が済まず、最善の方法は相手をよだれまみれにすることだと信じている。ドッグスクールを瞬く間に退学になっても気にせず、何か面白そうなものが目に飛び込んでくれば、カフェのテーブルにつながれているのも忘れてテーブルごと走り出す。こんなマーリーに振り回されながら、グローガン夫婦は仕事をステップアップさせ、子供を三人産み育て、自分たちの家庭を築き上げてゆく。

確かにマーリーは世界一おバカかもしれない。しかし、決して愚かではない。奥さんが流産した時、マーリーはいつものよだれ攻撃を封印し、彼女が顔を埋めて十分に泣けるよう、暖かい毛皮に覆われた自分の体をそっと差し出した。悲しみを乗り越えて初めての赤ちゃんが産まれた時には、誰に教えられたわけでもないのに、家族中でこの小さな生き物が最も傷つきやすい存在だと理解し、「優しい巨人」として立派に振る舞った。おしめの匂いにうっとりした表情を浮かべるだけの寛大ささえ示した。

呆《あき》れるほどの間抜け振りと、偉大な賢者。犬はこの二つを矛盾なく共存させることができる。我が家の飼い犬、十一歳になるラブラドールのラブに、数えきれないクッションを駄目にされ、数えきれない愚痴を聞いてもらっている私だから、それは心から実感できる。

やがてマーリーにも老いが訪れる。散々マーリーのやんちゃに頭を悩ませてきたはずのグローガン氏なのに、あの元気すぎる日々が戻ってきてくれたらと、かなわない願いを抱く。

「その時が来たら、教えてくれよ。いいだろう?」

グローガン氏はマーリーにそう語り掛ける。賢者マーリーなら、人間には知る術もないその時が、きっと分かるはずだと信じていた。

私が泣いたのはやはり、ラブのその時を思ったからなのだ。獣医の小林元郎先生が、映画のパンフレットに寄せた文章に次のような一文がある。

「……死に際して動物はけっして取り乱しません」

全くそのとおりだ。寿命の尽きる日が近づいても、彼らは怖がらない。何ものをも恨まず、それを当たり前のこととして受け入れる。

マーリーの死も立派だった。グローガン家の子供たち三人の誕生に立ち会い、彼らの親友となり、人生の喜びを教え、すべての使命を果たし終えたのち、静かに旅立った。

これでどうして泣かずにいられるだろうか。どんな賢い人間にも真似できない生き方と死に方を教えられ、感謝の気持で一杯になって、ありがとうマーリー、ありがとうマーリーと繰り返しながら泣いている私を、誰が滑稽だと笑えるだろう。

他の人たちが業務連絡をし合っているなか、私は一人試写室の壁に向かって泣いていた。

「大丈夫ですか、小川さん」

配給会社の宣伝部の女性が、優しく背中を撫でてくれた。早くラブに会いたくて、急いで家に帰った。

足腰の弱くなったラブは、寝床で腹ばいになっていた。ところがなぜか横顔をスノコに押し付け、必死の形相で舌を伸ばしている。

「今日、可愛い犬の映画を観たよ。お前にそっくりなラブラドールでねえ」

と話し掛けても舌をくねくねさせたままの体勢を崩さない。よく見ると、スノコの隙間に落ちたペットフードの粒を取ろうとしているらしい。たった一粒のペットフードのためにそこまで必死になっている姿を目の当たりにし、ラブはもう少し生きられるかもしれない、と思ったのだった。

満タンの人生

先日、田辺聖子さんの文化勲章ご受章をお祝いするパーティーがあった。田辺さんの会はいつでもそうなのだが、ご本人以上に出席している人々が心の底から楽しんでいる様子に満ちあふれていて、とても気持がいい。

そんな中、広い会場で最も目を引かれたのは、元タカラジェンヌのトップスターたちだった。背中にフサフサした大きな羽飾りをつけているわけでもないのに、舞台に立っている時と変わらない光を放ち、他の誰よりも目立っている。というより、トップスターたちを目掛け、天から色とりどりの光が降り注いでいる。ああ、あの方たちが輝いているのは羽飾りのせいではない、天に選ばれているからなのだ、としみじみ感じさせられた。

更に、歌を披露する段になると、その光はますます威力を増し、まばゆいばかりになってくる。以前、宝塚の舞台を観た時にももちろんうっとりしたが、今回のうっとりはまた種類が異なる。宝塚劇場とは比べものにならない素っ気ない宴会場の舞台で、ピアノの伴奏だけで歌っているにもかかわらず、歌声は一瞬にしてそこにいる人々全員の心をつかんでしまう。たとえ装置や衣装が揃《そろ》わなくても、声という実に単純なもの一つで人間は心を揺さぶられる。その事実にうっとりさせられるのだ。

歌の最後、『すみれの花咲く頃』の合唱になった時、『ファーブル昆虫記』の翻訳者、奥本大三郎さんが飛び入りされ、フランス語で歌われた。その歌声はタカラジエンヌとはまた違った味わいがあり、昆虫を追ってフランスの野山を自由に歩き回る、伸びやかなファーブルの精神がにじみ出ていた。

自分が音痴だからだろうか。歌の上手な人、声の魅力的な人がうらやましくてならない。今度生まれ変わる時は必ず、美声の持ち主になりたいと願っている。自作を朗読する機会があると、一刻でも早くその場を終らせたくて、どうしても早口になる。自分の書いた小説なのだから、どんなに感動的な朗読を聞かせてくれるかと期待しているお客さんたちを、がっかりさせるのが怖いのだ。

作家の声で私が好きなのはポール・オースターだ。全米の聴取者に、自分の人生で最も忘れがたい体験を綴ってほしいと呼びかけ、それをラジオ番組でオースターが朗読するという企画、『ナショナル　ストーリー　プロジェクト』。これが本とともにCDにもなっているのだが、無名の人々の人生に隠された物語の魅力が、オースターの声によってより深みを増している。

理性的で落ち着きのあるバリトンは、格好良く聞かせようという気取りが一切ない。主人公はあくまでも物語自体で、自分は伝達者にすぎないことをよく心得ている。それでいて単に目の前の文字を追うだけではなく、自分が本当に大事に思っている物語を語って聞かせようとする温かみも感じられる。私の小説も、もしオースターに朗読してもらえたら、とつい図々しい夢を見てしまうほどだ。

さて、田辺さんの会のクライマックスは、俳優國村隼さんの登場だった。國村さんは田辺さんをモデルにしたNHKのドラマ『芋たこなんきん』で、ご主人〝カモカのおっちゃん〟役をなさった。田辺さんにとってなくてはならない存在だった、今は亡き〝カモカのおっちゃん〟が、天国から舞い下りてきたかのように、出席者

の目は國村さんに釘《くぎ》付けになった。國村さんは田辺さんの耳元で、

「中途半端と中途半端が二つ寄ったら満タンになるやないか」

とおっしゃった。

これは、ドラマの台詞《せりふ》でもあり、実際のプロポーズの言葉でもあった。田辺さんのエッセー集『残花亭日暦』によれば、作家と主婦業の両方が中途半端になるのを心配する田辺さんに、ご主人はこう言って結婚を申し込まれたらしい。機知に富んだ何と心優しい言葉であろうか。

そして、國村さんの声がたまらない。言葉の一つ一つが口からではなく、体の奥の泉から湧《わ》き出してくるかのようだ。じかに聞くと、テレビ以上にその艶《つや》と彫りの深さが際立ち、まるで自分に向かって愛の言葉がささやかれているかのような気持になってくる。こんな声でプロポーズされたら、誰だってイエスと答えるだろう。

國村さんの隣でニコニコ笑っていらっしゃる田辺さんが、うらやましかった。

パーティーは田辺さんのご挨拶でお開きとなった。田辺さんもまた、特別に天から選ばれた声の持ち主だ。大勢の読者を魅了してきた田辺文学を象徴する愛らしさ。大変そうな気配など微塵《みじん》も感じさせないで、他の誰にもできない大変な仕事を黙々

と成し遂げる誠実さ。そうしたものたちが全部、声に込められている。〝カモカのおっちゃん〟が約束したとおり、満タンの人生を送られているのだ、というのがよく分かる。

キャベツ共有の和

庭の片隅で野菜を作りはじめて一年になる。素人が農薬を使わずにやっていることなので、虫に食べられるのが半分、人間の口に入るのが半分といったありさまだが、それでも十分満足している。ホーレン草もチンゲン菜もキャベツも、虫と競争で早め早めに収穫するため、スーパーではお目に掛かれない、若々しくて柔らかい野菜を食べることができる。

虫と言ってもその姿をはっきり確認できるケースは少なく、彼らの正体が何なのか、実はよく分からない。彼らは賢い。昼間は土の中に隠れ、夜、暗くなってから這《は》い出してせっせと食事をしているらしい。しかも食べ頃をよく心得ている。まだちょっと早いかなあ、今週末くらいが採り頃《と》かなあ、とぐずぐずしていると、その間に必ず先を越される。結局、決断の遅れを後悔しつつ、穴だらけになった虫たちの食べ残しを頂戴することとなる。

朝、キャベツの葉にポツポツとくっついた彼らのフンを見つけると、思わず見入ってしまう。それらはとても小さいのに、きちんと形がそろい、一定の間隔を保っている。朝日が透けるほどに薄い黄緑色の上で、露に濡《ぬ》れた黒い粒が、生まれたての生き物のように光って見える。黄緑と黒の模様は、自分が眠っている間に畑で起こった出来事の秘密を、そっと伝えてくれる。キャベツはただ悠然と大地に根を張り、虫たちは地中で息をひそめている。その静けさを乱さないよう心しながら、私は茎に包丁を当て、キャベツを収穫する。

自分で野菜を作ってみて一番驚いたのは、本来駆除すべき虫たちがさほど憎くないということだった。以前はスーパーで買った野菜にナメクジを一匹見つけただけでギョッとしていたが、今は全く動じない。「上手に隠れてよくこんなところまでやって来たなあ、お前」と、声を掛けてやりたくなるほどだ。むしろ逆に、同じ野菜の恵みを共有する仲間のようにさえ感じる。齧《かじ》られた跡やフンによって、彼らと交流しているのだ。

今年の春は野菜だけでなく、無謀にも苺《いちご》に挑戦し、惨敗した。ちょっと〝交流〟にうつつを抜かしすぎたようだ。藁《わら》を敷き、ビニールを被《かぶ》せ、期待に胸をふくらませていると、やがて可愛い白い花が次々と咲きはじめた。この時点では、丸々とした真っ赤な苺を頬張るイメージが出来上がっていた。熟れるのを待ちわびて、いよいよとなったその時、自分の甘さを思い知らされた。

ナメクジなのかアリなのか、人間の目に触れない部分だけを見事に齧っている。手に取るとどれも、裏側がとんでもないことになっている。残念がるより何より、してやられた、という感じだ。

しかし一個一個の造形美には目を見張るものがあった。中心に向かって貫かれた空洞の無、そこからのぞく白っぽい果肉と表面の赤味のコントラスト、小さな穴がつながり合い増殖しながら生み出す新たな曲線。そうしたものたちが、ただの苺を、独創的な彫刻作品にしていた。

かろうじて無事な、ほんのわずかの部分を口に含んでみた。頬張る、とはほど遠く、歯の間に挟まる程度だったが、それでも甘みだけは伝わってきた。

畑をやっていると、しゃがんでいる時間が長くなる。考えてみれば、以前はこんなふうに地面に視線を寄せることなどなかった。土で靴や洋服が汚れるのは嫌なことだったはずなのに、気が付けば、土の感触と匂いが大好きになっていた。

『沈黙の春』で有名なレイチェル・カーソンは、遺作『センス・オブ・ワンダー』の中で、「自然のいちばん繊細な手仕事は、小さなもののなかに見られます」（上遠恵子訳）と書いている。更に、その小さなものを見ようとする時に訪れる、人間サイズの尺度の枠から解き放たれる喜びについても触れている。

自分を小さくすればするほど、無力になればなるほど、偉大な自然の営みに気づかされる。人間の頭脳だけでは決して作り出せない、ホーレン草やチンゲン菜やキャベツの不思議、ナメクジやアリや青虫の賢明さに心打たれる。人間が編み出した道具である言葉の通じない世界にひととき身を置くと、自分が壮大な世界の一部として、その大きさの中に包まれているのだ、と実感できて安堵する。これこそまさに、レイチェル・カーソンの言う、人間サイズの尺度からの解放だろう。

さて、ある朝、畑の様子がどこかおかしい。地面が踏み荒らされ、ちぎれた葉っぱが散らばっている。そして、昨日は確かにそこにあったはずのキャベツが一個、完全に姿を消している。茎から外側の硬い葉まで跡形もない。我が家の飼い犬、ラブの仕業だった。一応周囲に網を張ってあったのだが、それを鼻で押して弛《ゆる》ませ、地面との隙間から入り込んだようだ。虫とキャベツと人間、この共有の和に、彼も参加したかったらしい。もっとも彼の場合、共有ではなく独り占めだけれど。

どこにもたどり着けない

先日、久しぶりに大学病院と名の付くところへ行った。当然ながら、各種検査も診察もすべてがコンピューターによって見事に統制されていて、少し戸惑った。

二十五年以上も昔、岡山県の倉敷にある大学病院の秘書室に勤めていた当時は、最新の事務機器といえば、透明のカプセルに書類を詰め、目指す部屋までパイプを通して自動的に送り届けるシューターくらいのものだった。もちろん病院の中枢部にはもっと高度な機械が取り入れられていたのだろうが、少なくとも秘書室にはまだ、パソコンもワープロも登場していなかった。

私の席はシューターの受取り口のすぐ近くだったので、「シュポン」という音とともにカプセルが落下してくると、すぐさま中身の書類を取り出して適切な処理を施す役になっていた。そのままにして放っておくと先輩に怒られるので、いつも耳を澄ませておく必要があった。

例えば九階の手術室から六階の秘書室へ、カプセルに乗って手術の予定表一枚が届くまで、どれくらいの時間を要したのだろうか。壁に張り巡らされたパイプの中を、圧縮された空気に乗って、ひとときの旅をする。人間の足で運ぶよりは速いにしても、それでも一つのものが移動するにふさわしい物理的な時間は掛かっていたはずだ。「シュポン」という音には、「やれやれ」と一息つくような響きがあった。時々、迷子になったカプセルが届くこともあって、その音はどこか居心地が悪そうに聞こえた。

しかし、現代はすべてがコンピューターだ。診察券を機械に通すだけで、呆気《あっけ》なく受付は完了なのである。カードを差し込んだほんの一瞬の間に、自分の名前や、診てもらう科や、予約時間が本当に全部了解されたのか。どこか心配を拭《ぬぐ》いきれず、機械の前を去りがたい気持で、しばしその場に立ち止まっていた。

私の心配をよそに機械はちゃんと働いてくれていたらしく、目指す科へ行くと、既に専用のクリアファイルが用意され、必要な検査の指示書があれこれ挟まっている。それを持ってCTを撮ったり、聴力を調べたり、採血をしたりするため、病院内を歩き回る。

いくつもの建物が渡り廊下で結ばれた複雑な造りのため、油断をするとすぐ、自分が今何号館の何階にいるのか分からなくなる。次の目的地を求め、エスカレーターに乗り廊下を進み、なかなかエレベーターが来ないので痺れをきらせて階段を上る。そうしてようやく検査室にたどり着く。

ここでもまた、受付にファイルを出すだけだ。やはり私は、だんだんと心配になってくる。私が何者で、どんな検査を必要としているか、皆はちゃんと分かってくれているのだろうか。もしかしたら自分はとんでもない間違いを犯し、全く見当違いな受付で、巡ってくるはずもない順番を待っているのではないか。けれど忙しそうに立ち働く人々を見ていると、とても声は掛けられない。

心配が頂点に達する頃、ようやく名前を呼ばれ、私はほっとする。必要な情報は、カプセルがパイプを移動するのとは比べものにならない速さで、道に迷ってうろうろしている本人を置き去りにして、コンピューターからコンピューターへと瞬時に伝わっている。無事に一つ検査が終るたび、私はソファーに腰を下ろして一休みし、次の検査室へと向かう元気が戻ってくるのを待たなければならなかった。

すべてにおいて時間が掛かるのは覚悟の上なので、本はちゃんと用意してあった。薄くて持ち運びやすいという理由だけで選んだのは、ジェームズ・バリーの『ピーター・パン』だった。ちょうどピーターが母親を訪ねる場面。閉ざされた窓ガラスに映る、別の子供を抱いて眠るお母さんの姿を見た彼は、再び妖精たちのところへと舞い戻り、永遠に誕生日のない世界をさ迷う。

本から目を上げると、相変わらず大勢の人たちがファイルを携え、こちらの受付からあちらの受付へと漂っている。もしかしたらこの中に、どこにもたどり着けないピーター・パンのような、あるいは、迷子になったシューターのカプセルのような誰かが、いるのではないか。そんなふうに思えてきた。精巧なコンピューターの信号にもキャッチされず、戻るべき場所もない人が、そっと私の隣を通り過ぎてゆく。決して大きくなれない、誕生日の来ない誰かが……。

名前を呼ばれない不安に怯《おび》えながら、私はまた『ピーター・パン』を開く。一ページめくるたびに受付を見やる。まだまだ、果てしもなく長い時間が掛かりそうな予感がする。

　ここにいる人すべてに名前があって、目指す場所に行き着けて、そのあとちゃんと自分の寝床へ戻れますようにと、思わず祈らないではいられなくなる。カプセルが無事、シュポンと到着しますように、と。

私の髪、母の髪

髪とはなぜ、自分の思い通りにならないものなのだろうか。大人になってから一度も、私は自分の髪型に満足できたことがない。

美容室で、モデルの写真の切り抜きを見せ、「こんなふうにして下さい」と頼むのは恥ずかしい。もちろんこんな綺麗《きれい》な人とそっくり同じにできないのは、よく分かっているんですよ、と心の中でもじもじ言い訳しながら、小さく折り畳んだ切り抜きを差し出す。

それでも新しい髪型が完成した時には、自分の理想が高すぎたことを思い知らされる。美容室から家に帰り着いた時点で早くも髪は崩れはじめ、次の日になると、すべてが元の木阿弥《もくあみ》になってしまっている。

子供の頃、いつも前髪を束ね、頭のてっぺんで結わえていたのが原因ではないかと思う。それは、額に髪の毛がかかると頭が悪くなる、という迷信に取りつかれていた母が編み出した髪型だった。おかげで今になって、大きすぎる顔を髪の毛で隠して少しでも小さく見せようとしても、全然言うことを聞かず、てかてかとした額がむき出しになってしまうのだ。

朝、学校へ行く前、母は私の髪を念入りにといた。一本の見逃しも許せない、といった執念深さで前髪を寄せ集め、引っ張り上げ、ゴムでぐるぐる巻きに結んだ。額が全開になっているのを見届けないと、安心して学校へ送り出せないのだった。髪をときながら母は、頭のいい子になりますようにと呪文《じゅもん》を唱えていた。何でもいいから国家資格を取って、男の人に頼らなくてもちゃんと生きているような人間になってほしいと願っていた。

その髪が売り物になると知って驚いたのは、『若草物語』を読んだ時だった。戦地で倒れた父親を迎えに行く旅費のため、次女のジョーは自分の髪を理髪店に売り、二十五ドルを捻出《ねんしゅつ》する。母親や姉妹たちはびっくりして大騒ぎするが、ジョー自身は、「こんなこと、別に国家の運命に影響しないんだから……」（松本恵子訳）と言って平然としている。更には「それにむしゃくしゃ毛を取ってしまったんで、頭脳のためにもいいわ」と付け加えている。

やっぱり髪の毛と頭脳は関係があったのか。母の信じる迷信も、もしかしたらでたらめとは言い切れないのかもしれない。『若草物語』に出会って以降、毎朝の儀式のうっとうしさが、多少和らいだ。

髪の毛の問題を抜きにしても、四姉妹の中で私が最も親しみを感じたのはやはりジョーである。彼女はおばさんの家の埃《ほこり》っぽい図書室を至上の楽園のように愛し、いつの日か文章を書くことで身を立てたいと夢見ている。物語の後半、ジョーの小説が初めて新聞に載る場面は忘れがたい。新聞に顔を埋め、自分の小さな作品に嬉《うれ》し涙をこぼす彼女の姿に、小学生の私はどれほど憧れを抱いたことだろう。嬉し涙を流すこの少女が私だったらどんなにいいだろう、と思い、あまりの荒唐無稽《むけい》な想像に我ながらあきれ、慌ててページを先へ進める。そんな感じだった。

いくら前髪を引っ張り上げても、残念ながら母の願いは叶《かな》わなかった。私は頭のいい子にはなれなかったし、国家資格など何一つ取得できなかった。

私の小説が初めて活字になった時、母は自分の娘がものを書く人になろうとしていたと知って、たいそう驚いた。一生役に立つ国家資格を持って、将来の心配なく暮らすはずだった娘が、最も不安定で当てにならない世界へ踏み出そうとしているのだから、戸惑うのも仕方ない。

母は私のどの小説についても、一切感想は述べなかった。新しい本が出るたび、無理をしていないか、健康を害していないか、その点ばかりを心配していた。心配すること以外、自分にできる役目はないと心に決めている様子だった。

けれどやはり写真については、額が広々と写っているのを喜んだ。額が髪で隠れていると、賢く見えないという自説を、決して曲げなかった。

今では私が母の髪をとく。色素が抜け、量も減り、ふわふわと頼りなげな髪だ。そういえば母は昔、どんな髪型をしていたのだろう。そう考えると、パッと浮かんでこないのに気づき、愕然《がくぜん》とする。

私の前髪を束ねていた時、自分の娘が賢くありますようにと祈っていた時、鏡に映る母にも当然髪の毛はあった。今の私よりもずっと若い母が、前髪をどうしていたのか、どれくらいウエーブを掛けていたのか、襟足はどんなふうにカットしていたのか、はっきりとは思い出せない。記憶の中にあるのは、母以外の何ものでもない母だ。母という以外の言葉では、とても言い表せない。

寝たきりの母の髪を、私はそっととく。大丈夫、私の額は広々すっきりしているからね、何の心配もいらない、と心の中で伝える。

ブ　ヒ

以前このエッセーで、執筆の疲れを癒す愛読書として、岩波科学ライブラリーの『ハダカデバネズミ　女王・兵隊・ふとん係』（吉田重人・岡ノ谷一夫著）について書いたが、先日、思いがけず実物のハダカデバネズミを抱っこする幸運に恵まれた。

東アフリカの砂漠の地下で、一匹の女王を中心に役割分担のはっきりした群れを作り、十七種類もの鳴き声でコミュニケーションを取っている、裸で（つまり毛がない）、出っ歯のネズミ。このハダカデバネズミを使い、言語の生物学的起源を研究なさっているのが岡ノ谷先生である。先生の研究室がある埼玉県和光市の理化学研究所へお邪魔し、人間がどうやって言語を手に入れたか、その謎についてお話を伺うのは大変興味深かった。果てしない謎を探るための道しるべの一つが、ハダカデバネズミであるという点が面白く、また不思議でもあった。人間とはあまりにもかけ離れた容貌《ようぼう》を持ち、人目につかない場所にひっそりと暮らす彼らが、言語発生の秘密を砂漠の地下に隠し持っているかもしれない。そう考えるといっそう、ハダカデバネズミがいとおしくなってくるのだった。

さて、いよいよ対面である。しかし簡単にお会いできる訳ではない。飼育室は二枚の扉に隔てられた奥にあり、入室前には手を消毒し、薄手のゴム手袋をはめ、給食当番のような白衣と白い帽子に着替えなければならない。滅菌処理をしているからだろうか、白衣はしっとりと湿っており、その湿り気がハダカデバネズミの研究に掛けてこられた先生方の汗と情熱を表しているように感じられる。

この段階で私は、少し浮かれていた自分を戒めた。ハダカデバネズミという身も蓋もない名前のせいで、彼らのことを多少単純に考えすぎていたが、実は高温多湿の静かな環境を必要とする繊細な生き物なのだ。私はできるだけ彼らの生活を乱さないよう、慎重に飼育室へと一歩踏み込んだ。

パイプがむき出しの殺風景な部屋の中、百円ショップでよく見かけるプラスチックのケースをいくつも筒でつなぎ合わせた、手作りの温《ぬく》もりが伝わる住まいに、彼らはいた。おがくずを蹴《け》り上げ、筒を走り抜けながら、ひっきりなしに何かしら声を発している。ピュウ、ピュウビュウ、ピイピイ……。外見とは裏腹に、溌剌《はつらつ》として可愛らしい声だ。もしアフリカの地面に耳を押し当て、どこか遠くからこんな声が響いてきたとしたら、地下世界の愛のささやきを耳にしたような、ロマンチックな気分になるに違いない。

ただし彼らにとって鳴き声は、厳密な階級社会を生き抜くために必要な、どうしても使い分けなくてはならない手段である。階級の低いデバは、高いデバに対し、より丁寧でたくさんの返事をするらしい。

あらかじめ十分に覚悟をしていたおかげで、彼らの容貌にひるむことはなかった。予想以上に目立ったのは出っ歯よりもむしろ、全身を覆う皺だった。何かの手違いで大きすぎる皮をまとってしまい、どうにも収まりが悪い、という雰囲気である。体中あちこちがだぶつき、ぶつぶつがあり、内臓らしきものが透けて見えている。

と、その時、

「これは一体、どうしたんですか？」

と思わず声を上げてしまうほどに痩せ細った、痛々しい一匹が目の前を走り過ぎて行く。それは、女王との繁殖を許されている王様のデバだった。出産を繰り返すごとに体が大きくなる女王に比べ、王様はどんどんやつれてゆくものらしい。同行していた男性編集者が、心からの同情をこめ、深々とため息を漏らした。

こうして彼らの姿を間近で見られただけで満足だったのだが、ご好意により抱っこさせてもらえることになった。しっぽをつかめば簡単です、というアドバイスに従い、一匹をひょいとつまみあげる。案外上手くいって喜ぶ私に向かい、デバはいかにも迷惑そうに上半身をひねり、

「おい、何をする？　今、忙しい最中なんだ」

とでも言わんばかりの表情を見せる。薄桃色の脚の指を精一杯に広げ、黒胡麻《ごま》よりもっと小さい目で一点を見つめている。弛んだ背中の皮膚がもごもごとうごめく。

「ブヒ」

デバの鳴き声がはっきり耳に届いてくる。声のトーンから、怒っているんだなというのがよく分かる。何度も謝りながら、私はデバを元に戻す。やれやれという様子でデバは、業務を再開する。

ブヒ。この音声は人間が作った言葉の規範とは遠く外れた場所にある。にもかか

わらず私は、そこに込められたものを感じ取ることができる。その時私とデバは種を超え、同じ生物同士として気持をやり取りしている。ややこしい人間の言葉から解放され、ほっと安らいでいる。

ザトウクジラの水しぶき

アラスカってどんなところかなあ。

何の前触れもなく、そう思う時がある。赤味を帯びた岩壁に囲まれ、どこまでも深い静けさに包まれているという秘密の入り江や、トーテムポールに葬られた遺体を養分として成長するトウヒや、遠くの一点から線へ、やがて黒い帯へと変化しつつ山の斜面を埋め尽くしてゆくカリブーの群れについて、考えたりする。

私はアラスカの近くにさえ行ったこともないし、たぶんこれからも訪れる機会はないと思う。それでも、自分には手の届かない遠い世界についてあれこれ考えるのは、とても心が安らぐ。夜、小説を書く手を止め、暗闇の中で宙返りをするザトウクジラの水しぶきに耳を澄ませ、しばらくのち、再び小説に帰ってゆく。こんな一瞬を味わえるのは、星野道夫のおかげだ。

アラスカに暮らした写真家でありまた随筆家でもあった星野道夫が、四十三歳の若さで亡くなる前年、出版された名著『旅をする木』。アラスカの自然の偉大さと美しさ、そこに暮らす人々の威厳を描いたこのエッセー集を何度か読み返しているうち、子供を亡くした親が幾人も登場するのに気づいた。あくまでも彼らは主役ではないのだが、折々にふっと顔をのぞかせ、さざ波のような微かな気配だけを残し、またどこへともなく姿を消す。

例えば『赤い絶壁の入り江』では、南東アラスカの内海の素晴らしさを描きながら同時に、不慮の事故で子供を失った友人Oの深い挫折感に思いを寄せている。あるいは、フェアバンクスに住む友人ビル。七十五歳になるビルはあらゆる職業に就いたあとアラスカに永住し、奥さんと二人、水道さえない簡素な生活を送っている。六十代後半で日本語の勉強をはじめ、気温マイナス四十度の日でも自転車を漕《こ》ぎ、ボランティアで幼稚園児に音楽を教える老人の目の奥に、星野は絶対に語られることのない子供の死の影を読み取る。その影からにじみ出てくる慈しみに、安らぎを覚える。娘を殺人事件で失った母親も出てくる。残された四人の子供とともに、パットはマサチューセッツを離れアラスカへとたどり着く。出会った頃、どこか心の扉を閉ざしている様子だった彼女は、アラスカの自然に触れる中で少しずつ自分の殻を壊してゆく。

「私たちは、カレンダーや時計の針で刻まれた時間に生きているのではなく、もっと漠然として、脆《もろ》い、それぞれの生命の時間を生きている……」

と、星野は書いている。あまりにも不確かな生命の時間を、アラスカという土地の大きな両手に委ね、懸命に生きている人々の存在を、彼は見逃さない。広大な雪原に、一条のキツネの足跡を見出すのと同じ視線で人々の心の内をとらえている。

そもそも彼がアラスカを目指すきっかけは、二十一の時、親友Tを山で失ったことにあった。傷ついてしまった身体とピッケルのそばで、星野の貸したカメラだけは無傷だった。

息子を失った母親は、後年写真展の会場で星野に向かい、

「あなたがアラスカに渡ってから、あの子もずっと一緒に旅をしているような気がする……」

と言った。彼女は星野の写真の中に、現世の時間とは異なるもっと大きなうねり

を感じ取り、その流れを旅する息子の魂と出会っていたのかもしれない。実際にその地は踏んでいないけれど、彼女もまた、ビルやパットと同じくアラスカを通して亡き子供とつながり合っていたのだろうか。

生きているものも死んだものも皆旅をしている。終りのない旅の同行者である。というメッセージが本書の根底には流れているように思う。ただじっとそこに立っているだけの一本の木でさえ、鳥に実を運ばれ、洪水に根を流され、遠い海岸へたどり着き、やがてどこかの家の薪ストーブにくべられる。そうして原子に戻った木はまた新たな命の元となる。

私の祖父母は、父方も母方も両方、二十代の息子（私にとってのおじ）を病気で亡くしていた。一人は結核、一人は原因不明の突然死だった。彼らは少なくとも孫の私の前で、死んでしまった息子を話題にすることは一度もなかった。あの頃、幼い私には祖父母の気持をわずかでも思いやることなど、とてもできなかった。私にとって死んだおじたちは、ただ、古い写真の中のおじちゃん、でしかなかった。

祖父母はいつどんな場面で、息子のことを思い出していたのだろう。わざわざ思い出さなくても、いつでも心の中にいたのだろうか。死んだ息子と会話する時、もしかすると心の中には、ザトウクジラの水しぶきの音が響いていたかもしれない。できれば、そうであってほしいと、皆が死者になった今、『旅をする木』を読むたびに願っている。

ふと、どこからともなく

　ある日、槍投《やり》げの選手を小説に書こうと思い立ち、関西学院大学陸上競技部を取材させてもらった。

　なぜ槍投げなのか、自分でもきちんと説明はできない。日本語には「ふと」という使い勝手の良い言葉があるが、まさにふと、どこからともなく槍が飛んできて目の前の地面に刺さった。次の瞬間、

「では今度の小説は槍投げにしよう」

と、私の心の声がささやいていた。

　これ以外に説明のしようがない。

　小説を書き始める時はいつもこんな調子だ。私の頭に立派なテーマがまずあって、

それを表現するのにふさわしい題材を探すのではなく、こちらの都合にはお構いなく、外から不意に何かが飛び込んでくる。その何かに関わってゆくとどんな小説の世界が拓《ひら》けるのか、見当もつかない点がなかなか恐ろしい。つまりプランが立たないのだ。

しかし不思議なことに、その何かが必ず物語を隠しているという確信はある。あるいは確信というほど明快なものではなく、書かれるべき物語があるからこそ、作家のもとへやって来たのだろう、と自然の流れのままに思い込んでいるだけかもしれない。

いずれにしろ、地図も磁石も持たず、目的地も知らないまま、初めての場所へ探索に出ることとなる。

去年、チェスの小説を書いた時もそうだった。チェスなど一度としてやったためしもなく、ルールさえ知らないのに、〝ふと〟チェスの駒が掌に転がり落ちてきた。あの時は麻布学園チェス部の皆さんにお世話になった。雑然とした細長い部室で、中学一年生から高校三年生までの少年たちがチェスを指していた。傷だらけになった小さな安物のチェスセットをテーブルに広げ、肩をすぼめるようにしながら駒を動かしていた。窓の向こうには六本木ヒルズがそびえ、校庭からは運動部の元気のよい声が響いてきた。そんな中、少年たちは一心に盤上に刻むべき最善の軌跡を追い求めていた。

彼らの姿は私に多くのイメージを授けてくれた。一つのことを考え抜いている人間の横顔はこんなにも貴いものなのか、と驚いた。チェスという世界に旅をしなければ、出会えない驚きだった。結局、主人公の少年がただひたすらチェスをしているだけの小説を五百枚も書いてしまった。

さて、今回は槍投げである。関学陸上競技部の練習グラウンドは住宅地の真ん中にあり、まずそのことにびっくりする。普段よく近所を車で走っているのだが、こんなにも広々とした、さえぎるものの何もない空間が隠れているとは思いもしなかった。扉一枚向こうは、日常生活とは全く違う種類の風景だった。

大事な練習時間中であるにもかかわらず、投擲《とうてき》チームの学生さんたちは実に快く対応して下さった。礼儀正しく朗《ほが》らかで、全員、自分の子供にしたいくらいだった。

槍は想像よりずっと長かった。例えばテレビでオリンピックの槍投げを見ていると、自分の体に馴染《なじ》んだ道具を手にしているという雰囲気で、さほど長いとは感じない。けれど目の前にあれば、それは間違いなく長すぎるのだ。男子用は二メートル六十センチ、重さは八百グラムあるという。「ほう」と感心しながら私はその数字をノートにメモする。

スパイクがまた変わっている。右投げの選手の場合、槍が手を離れる瞬間に軸となる左足は、くるぶしまで覆って足首を支えるタイプ。反対に右足はくるぶしの下までしかない短いタイプ。つまり左右違う種類のスパイクを履く。そのため既製品はなく、すべてが特別注文なので、当然価格も高くなる。

「僕は高校時代、大会で優勝したお祝いに先生が作ってくれたスパイクを使っています」

三年生のA君が見せてくれたのは、数々の勝負をくぐり抜けた跡が残る、大事に使い込まれたスパイクだった。

秋の夕方の空に飛ぶ槍を、私はいつまでも飽きずに眺めていた。若々しい肉体から解き放たれた槍は、震えながら空気を切って飛んでいった。そして遠いはるかな地点に着地し、自らの印を大地に刻んだ。青年たちは誰一人、自らの肉体がどれほどの美を表現しているか、気づいてもいなかった。

槍が二メートル六十センチあること、スパイクの形が左右違うこと。それらは大して役に立たない情報かもしれない。しかし、それらを知った私は、知らなかった私とは明らかに違っている。

この世界には、楕円《だえん》形にぽっかり切り取られた空間があって、そこでは一人の青年が黙々と槍を投げている。あるいは、どこかの狭苦しいテーブルで、少年がチェスの駒を動かしている。一度記憶に刻まれたこれらの風景は、決して消え去ることはない。

探索から戻った私は、もはやプランが立たないなどと言って不安がったりはしない。記憶に残る風景をありのままに書き写せば、それがつまりは小説なのだと知っているからだ。

背表紙たちの秘密

本というものは、中身を読まなくてもただ題名をながめているだけで楽しいから不思議だ。だからこそ本屋さんを見つけると、素通りできずについ立ち寄って、書棚の間をいつまでもさ迷ってしまう。そのうち、とある題名と視線が合い、一瞬星がきらめくように恋に落ち、中身をよく調べもしないままその一冊を抱えてレジに向かう事態となる。

しかし、本に関する限り私の一目ぼれセンサーは優秀で、ほとんど失敗がない。例えばオリバー・サックスの『妻を帽子とまちがえた男』、アヴィグドル・ダガン『宮廷の道化師たち』、ジャージ・コジンスキー『庭師　ただそこにいるだけの人』、平出隆『ウィリアム・ブレイクのバット』等など。どれも生涯大事にすべき本となった。

　もちろん内容は素晴らしいのに題名がぱっとしない場合もないではないが、名作として長く読み継がれている本は、題名自身にも磨きがかかり、いっそうの輝きを増している場合が多い。何年もかけて人々が繰り返しその題名を口にしているうち、いつしかありふれた単語に特別な光が与えられるようになる。

　谷崎潤一郎は連載小説が始まる時、どんな気持でそれを『細雪《ささめゆき》』と名づけたのか、時々考える。関西の阪神間が舞台で、雪の降る場面が前面に出てくるはずもないのに、あえてこの題名を選んだのは、もしかすると最初の構想では三女雪子の存在がもっと大きかったのかもしれない。

　いずれにしても何と絶妙な選択であろうか。安易な妥協点が一切なく、毅然《きぜん》としていて美しい。今となってはもはや、題名に疑問を持つ人はいない。細雪、という単語を口にするたび誰もが、寄り添い合いぶつかり合いしながら、高貴な白さを保ったままそれぞれの場所に舞い下りてゆく鶴子、幸子、雪子、妙子の四姉妹を思い浮かべるだろう。

　さて、整理整頓が苦手な私の本棚は、とても人様には見せられない大変恥ずかしい状態に陥っている。一応頭の中では、最近の本、昔の本、自分の本、という三つに分類されているのだが、境界線はあいまいで油断するとすぐさま侵食が起こる。それを正さないままでいるうち、いつしか新たな、より複雑な境界線が引かれている。

ただ、おかげで思いも寄らぬ本たちが肩を並べているのを発見し、はっとすることが時にある。『サイのクララの大旅行』を真ん中にはさみ、左隣に『リンさんの小さな子』と『お縫い子テルミー』、右隣に『永遠の子ども』と『きみのいもうと』が並んでいるのを見つけた時には思わず微笑んでしまった。本棚の中で淋《さび》しく迷子になった赤ん坊、少女たちが集まり、サイのクララに乗って大旅行に出発するべく、今まさに第一歩を踏み出そうとしている。そんな場面に出くわしたかのような錯覚を感じ、思わず五冊の背表紙を指で撫でた。心なしか『きみのいもうと』に描かれたお下げ髪の人形が、恥ずかしそうな表情を浮かべた気がした。

題名たちも時に本体を離れ、彼らなりに寄り集まって、友情を育《はぐく》んだり恋をしたり旅に出たりしているのだとしたら……と想像を巡らせるのは、それこそ子どもじみているだろうか。

自分の書いた本が、どこかの書棚で、とある本と隣り合わせ、挨拶を交わしている。内容などお構いなしに、題名は題名独自のやり方で、私の思いも寄らない物語を作り出している。確かに私が考えたはずの題名が、手の届かない遠い場所を旅している。この想像は私を愉快にさせる。

題名同士の思わぬ出会いを演出するためには、本棚は系統立てて整頓しない方が、かえっていいのではないかと思ってしまう。

一番好きな本は何かと質問されると到底答えようがないが、一番好きな題名は何かと聞かれれば、すんなり答えられる。ジョン・マグレガー著、真野泰訳『奇跡も語る者がいなければ』。

これは一九九七年八月三十一日、イングランド北部のある通りに暮らす人々の一日を描写した小説で、読み進むうち、日常の小さな一場面たちが、目に見えない偉大な力によってつながり合ってゆく様子が、浮かび上がって見えてくるようになる。登場人物の一人は娘に向かい、棟木にとまる鳩が一斉に飛び立つのを指差し、鳥同士ぶつからないのを見たかい？　と問いかける。そしてこれは、気をつけていないと気づかずに終ってしまう、特別なことなのだと説く。奇跡も語る者がいなければ、どうしてそれを奇跡と呼ぶことができるだろう、と。

この本の背表紙を見るたび、小説を書く意味を、誰かが耳元でささやいてくれているような気持になれる。鳥が一羽もぶつからずに飛び立ってゆく奇跡を書き記し、それに題名をつけて保存することが私の役割なのだ。私にもちゃんと役割があるのだ、と思える。そうして再び、書きかけの小説の前に座る。

ものを作るのに脳はいらない

生まれて初めて落語を聞きに行った。立川談春さんの独演会で、演目は『棒鱈《ぼうだら》』と『文七元結《ぶんしちもっとい》』。大学の数学科教授U先生と奥様、そのご夫婦の恩師でいらっしゃる、やはり数学の教授K先生、それから私、というメンバーだった。

談春さんのエッセー集『赤めだか』を読んで以来、いつか機会があればと思っていた。師匠立川談志が繰り出す途方もない難問の前で右往左往しながら、矛盾に耐える前座生活を描いたこのエッセー集は、甘ったれた悲壮感が一片もなく、尚かつ人間味あふれる優しさに満ちている。丸々二時間、本当に楽しませてもらった。たった一人の人間の声に耳を澄ませ、たった一人の人間を見つめ続けて退屈しないとは、驚くべき体験だった。

落語に浸っているうち、いつしか自分が遠い昔の時間を遡《さかのぼ》って、どこか懐かしい場所にいるかのような錯覚に陥っていた。そこでは焚《た》き火か囲炉裏《いろり》か暖炉か、とにかく火が燃えている。あたりは暗闇で、時折風が吹き抜ける以外、物音一つしない。火のまわりには一日の労働を終えた人々が集まり、炎に手をかざしている。十分体が温もってきた頃、お喋り上手な誰かがおもむろにお話をはじめる。教訓などという野暮なものとは無縁の、生き生きとして面白く、どこか悲しいお話だ。皆、話に引き込まれてゆく。話し手の声に幾人もの登場人物たちを浮かび上がらせ、行ったこともないはずの場面を思い描く。あるいは自分にとって大切な、しかしもう死んでしまった誰かの姿をありありとよみがえらせる。屈託なく笑いながら、涙ぐんでいる。いつしか労働の疲れも、暗闇の怖さも、寒さも忘れている。

落語家のご先祖はこんなふうにして誕生したのではないか。古典落語に冬のお話が多いのはきっとこのせいに違いない……。と、そんな勝手な想像にふけりながら、終演後、先生方とお鍋を囲んだ。我々がどんなに一生懸命講義をしても居眠りする学生がいるのに、数百人のお客さんをあれだけ引き付ける談春さんはすごい、と先生方も感心しておられた。

そして話題はいつの間にか、落語からダーウィン、ファーブル、水生昆虫、アメーバへと広がっていた。

「こんな面白いアメーバがいるんですよ」

うれしそうにそう言ってK先生が鞄《かばん》から写真を一枚取り出し、見せて下さった。それは自分専用の家を持つ、有殻《ゆうかく》アメーバと呼ばれるものだった。しかもカタツムリなどとは違い、その殻は生まれつきあるのではなく、自分でこしらえたというのだ。

「アメーバが？　あの単細胞のアメーバが、形あるものを作るんですか？」

思わず私は声を上げていた。

その殻がまたキュートなのだ。全体としては球形だが、単純なただの丸ではなく、入口は縁がフリルのように波打ち、表面には金平糖《こんぺいとう》のような角が二、三本突き出ている。指でつまんで口に含んだら、本当に甘い味がするのではないかと思うくらい可愛らしい。

ただ、この殻を彼らがどうやって作っているのか、現場を目撃した人間はまだいないそうだ。材料は砂粒と分泌物だが、いくらなんでも彼らが一粒一粒砂を積み上げて作るとは考えがたいですねえ、とK先生はおっしゃった。飲み込んだ砂を体の中で固めてそれから外へ引っ張り出すのでは、という可能性が考えられているらしい。

お鍋をつつきながら私はどうしても有殻アメーバの写真から目が離せなかった。この小さな生き物が、誰に教わったわけでもないのに、理にかなった誠に美しい家を建設する。誰に自慢するでもなく、ひっそりと、黙々と何かを創造する。しかも彼らは脳みそを持っていない。

「ものを作るのに脳はいらない、ということですね」

誰からともなくそんな言葉が漏れ出し、皆で深くうなずき合った。

有殻アメーバが愛すべき作品をこしらえている間、大きな脳みそを持った私は、つまらない小説を書いている。頭で考えたものには限界がある。どうしてこんなものが生み出せたのか、本人にさえ説明できないような作品にこそ、真の感銘がある。

落語もきっとそうなのだろう。『棒鱈』も『文七元結』も元々は人間が考えたお話だった。しかしそれが長い年月生き残り、多くの落語家の声に乗せられてゆくうち、まるで宇宙の摂理で誕生したアメーバの殻のような自然な響きを持ちはじめた。

談春さんはただ単に脳で記憶した言葉を喋っているのではなく、遺伝子に染みついた響きを語っている。だから私たちは温かい炎に手をかざしているような、幸福な気持になれるのだ。

有殻アメーバになって小説が書きたい。心からそう願った落語の夜だった。

美しく生きた人

二〇一〇年一月十一日、アムステルダム郊外でミープ・ヒースさんが亡くなった。百歳だった。朝、その新聞記事を目にした瞬間、私は目を閉じ、ただ偉大な何ものかに向かって祈るしかなかった。ああ、これでまた一人、アンネ・フランクについて語れる人が役目を終え、去っていかれたのだと思うと、寂しくてならなかった。

ミープさんはアンネの父親、オットー・フランク氏が経営していた会社の従業員で、第二次大戦中、フランク一家が隠れ家に潜んだ際、その生活を援助した女性である。アンネが四歳の時からフランク一家と交流を持ち、オットーの人間性に絶対の信頼を寄せていたミープさんは、彼らの秘密を守ることを約束する。ユダヤ人を援助する罪について念を押そうとするフランク氏をさえぎり、ただ一言「迷いはありません」と答える。この時二人の間には、言葉では言い表せない何かが通い合ったと、ミープさんはご自身の著書『思い出のアンネ・フランク』（深町眞理子訳）の中に書いている。

しかし一口に援助と言ってもそれは並大抵なことではない。厳しい食糧事情の中、配給切符を持たない彼らを飢えさせないためには、町中を歩き回り闇市の長い行列に並ぶ必要があった。倉庫に泥棒が入ったり、屋根が壊れたり、建築検査があったり、密告の恐怖は常に付きまとい、心の休まる時がない。にもかかわらず隠れ家の人々の前では、不安を悟られないよう朗らかに振る舞う。誰かの誕生日にはちょっとしたプレゼントを用意し、少しでも隠れ家生活を潤いあるものにしよう、何よりアンネをはじめとする子供たちに喜びを与えようと努める。しかも、こうした行為すべてに、彼女自身の命の危険が伴っていた。

アンネ・フランクという一人の少女の書いた日記が本になり、六十年以上世界中で読み継がれているのは、偶然の結果ではない。アンネの人生最後の二年間に、成長と思索の時を授けた、支援者たちの命がけの行為があってこそなのだ。一九四四年八月四日、秘密警察によって隠れ家の人々が連行されたあと、ミープさんは床に散らばったアンネの日記を拾い集め、戦後オットーが帰ってくるまで厳重に保管した。隠れ家の中で最も貴重なものは何か、ミープさんだからこそ正しい判断ができたのである。

取材のため私がアムステルダムのミープさん宅を訪ねたのは、一九九四年の初夏だった。丁度サッカーワールドカップのアメリカ大会が開催中で、町のあちらこちらにオランダを応援するオレンジの旗が掲げられていた。ご自宅はそんな町中の賑《にぎ》わいから外れた、静かな通りにあった。

隣に自転車屋さんがあったのが忘れられない。潜行する日の早朝、ミープさんはアンネの姉のマルゴーを自転車で隠れ家へ案内する。オランダ人に成りすますため、マルゴーはユダヤ人に課せられていた黄色い星のワッペンを外し、禁止されていた自転車に乗って町の中心部を走った。しかしミープさんは決してひるまなかった。もし捕まったらという恐怖より、助けを必要としている人に今自分のこの手を差し出さなければ、という意志の方がずっと強かった。あの日二人が乗ったのも……と思わせる飾り気のない頑丈そうな自転車が、店先に並んでいた。

きちんとした生活ぶりがうかがえる小さなアパートに、八十五歳のミープさんは一人で暮らしておられた。アンネと、前年に亡くなったご主人の肖像画が二枚、壁に飾られていた。持参した花束を、アンネの母エーディトから譲り受けたという花瓶に活《い》けて下さった。

ミープさんは美しかった。堂々としていた。自分が正しいと信じることをやりきった人だけが持てる、美しさだった。そしてそのきりっと澄んだ瞳の底には、大事な友人たちを失った悲しみが横たわっていた。

サインをお願いしようと、付箋《ふせん》だらけになった『思い出のアンネ・フランク』を差し出した時、ミープさんは心からの優しい笑顔を見せて下さった。遠い日本からなぜわざわざ訪ねてきたのか、不思議な思いがあったのかもしれない。しかしいかにも読み込まれたその本を見て、安心してくれた様子だった。

最後、頬を寄せてお別れの挨拶をした時、たぶんもう二度とお目にかかることはできないだろうと思った。一生に一度しか出会えない大事な人と、自分は出会えたのだ、という幸運に胸を一杯にしながら私はさようならを言った。

私の小説をフランス語に翻訳してくれているローズ・マリーから、ミープさんの死を悼むメールが届いた。『アンネの日記』とミープさんとの出会いが、私の小説の根底にいかに大きな影響を与えているか、翻訳者だからこそ気づいていたのだろう。こうして共に悲しめる人がいることに感謝しながら、私は再び手を合わせたのだった。

涙と眼鏡

子供の頃、祖父母たちを見ていて不思議に思うことが二つあった。なぜ、何個もの眼鏡を使い分ける必要があるのか。しかもしょっちゅう眼鏡がない、と言っては家中を探し回っている。そしてなぜ、すぐに泣くのか。

特に父方の祖父は涙もろかった。テレビのニュースで気の毒な事故や悲惨な事件が報道されるたび、悲しくてたまらないといった様子で声を上げて泣いていた。もちろん子供の私にだって気の毒な気持はあったが、涙までは出てこなかった。

入れ歯をカチカチさせ、鼻の頭を真っ赤にしている祖父の姿を見ていると、会ったこともない誰かのために悲しい思いをするなんて、おじいちゃんの方もかわいそうだなあ、などと思ったりした。

悲しい時だけでなく、うれしい時にはもっと泣いた。オリンピックで日本人が金メダルを取る、孫の私が作文で賞をもらう、きれいな月が出ている。こうした事々のすべてが祖父にとって涙の源となった。

私の知っている晩年の祖父は、お酒が好きで、冗談が好きで、豪快な笑い声を振りまく朗らかな人であったが、今も記憶に残るその笑顔の底には、泣き顔の影がひっそりと映し出されている。思い出の中の祖父は、涙をたたえた心で笑っている。

その祖父が死んで四十年近くが経《た》ち、気がつくと、私も立派な涙もろいおばさんになっていた。

つい先日、犬の散歩の途中、近所の中学校から吹奏楽部が演奏する『ふるさと』が聞こえてきて、それだけでもう泣いてしまった。夕暮れの迫った坂道の途中、西宮の町に一つ二つ明かりが灯《とも》ってゆくのを眺めながら、高木敏子さんの『ガラスのうさぎ』を思い出していた。戦争中、神奈川県の二宮に疎開していた高木さんは、学校からの帰り道、友達と一緒によくこの『ふるさと』を歌った。一番の歌詞の最後、〝忘れがたき故郷〟のところを、〝忘れがたき父母〟と歌って、皆涙声になったという。

その忘れがたき父と母を、高木さんは戦争で失うことになる。母は東京大空襲で妹と共に逝き、父は二宮駅を襲った小型戦闘機の機銃掃射により、高木さんの目の前で命を落とした。この時彼女は中学一年生になったばかり、丁度『ふるさと』を演奏している子たちと同じ年頃だった。

少女は一人取り残され、それでも〝泣くなんて、泣くなんて、敏子のいくじなし〟と自分を精一杯励ましながら、父の埋葬許可書と火葬許可書を出してもらうよう役所に掛け合い、遺体を運ぶ荷馬車の手配をし、立派にお葬式を出した。お父さんの骨の中に機銃掃射の弾を見つけた少女は、大好きだった父親を殺した証拠品を確かに残しておくため、また、骨になってまで弾と一緒では痛かろうという思いやりから、その焼け焦げた小さな金属をブラウスのポケットにしまうのだった。

大人たちが勝手に始めた戦争のため、無邪気であるべき幸福な子供時代を強引に奪われた敏子さんの姿を思い、涙が出て仕方がなかった。幸いあたりには犬以外誰もおらず、心ゆくまで泣くことができた。吹奏楽部の『ふるさと』は山の中腹から空の遠いところへと静かに響き渡っていた。

次によみがえってきたのは、大岡昇平の『ながい旅』を原作にした小泉堯史《たかし》監督の映画、『明日への遺言』だった。Ｂ級戦犯として絞首刑の判決を受けた東海軍司令官、岡田資中将を藤田まことさんが演じた。岡田中将は裁判で自らの信念を毅然と主張し、過ちは率直に謝罪し、部下から死刑を出すことなくすべての責任を負って絞首台に上った。その岡田中将がスガモ・プリズンの浴室で『ふるさと』を歌う場面がある。その歌声に他の若い戦犯たちが加わり、やがて合唱となり、皆が涙を落とす。『ふるさと』とはこんなにも美しい歌だったのか、ああ、これが日本の歌で本当によかった、と思わせてくれる場面だった。

最後、刑場へ向かう岡田中将を澄んだ月が照らしていた。もし祖父がここにいれば、きっと一緒に泣いてくれるだろうなあと思い、それはもうこの世では叶わない望みなのだと気づいてまた涙ぐんだ。

いつの間にか演奏は終っていた。

「そろそろ行きますか」

なぜ私が泣いているのか不思議にも思わないまま、犬はこちらを見上げ、次の草むらへと鼻を寄せていった。

さて、もう一つの疑問、眼鏡についてであるが、今では私も三つを使い分けている。原稿を書く時、車を運転する時、取材で人に会う時と、各々《おのおの》違う眼鏡をかけないとよく見えない。近眼と老眼が入り交じってとてもややこしい状態にあるのだ。

そしてもちろん、

「ああ、眼鏡がない、眼鏡が……」

と始終こぼしては、息子にあきれられている。

血中性ホルモンの増殖

岡山県倉敷市に素晴らしいフィギュアスケートの選手がいる、という噂《うわさ》を初めて耳にしたのは、二〇〇〇年に入って間もなくの頃だったと思う。

当時、その選手が練習しているスケートリンクのすぐ近所に住んでいた私は彼に興味を抱いた。冬のスポーツとは縁遠い温暖な倉敷の、しかものんびりした田舎のスケートリンクから、全国に通用する選手が生まれたことが誇らしかった。ところが彼、高橋大輔は、全国どころかたちまち世界に飛び立ち、二〇〇二年、日本人男子として初めて世界ジュニア選手権で優勝するのである。

その頃高橋選手に取材した山陽新聞の記者が、偶然独り言のように漏らした一言が今でも忘れられない。

「世界で一番になってもまだ、自分にどれほどの才能があるか、気づいていない少年なんです……」

それを聞いた時、彼を応援していこうと心に決めた。自信満々な人は放っておいても大丈夫だが、自分などまだまだ駄目だとうつむいている選手ほど応援する甲斐がある。あなたは自分が思う以上の感動を人に与えているのですよと、そっと耳元でささやきたくなる。

以降の高橋選手の活躍については私などがあれこれ言う必要もないだろう。フィギュアスケートでよく言われる芸術性について、初めて「ああ、こういうことか」と納得させてくれたのが彼だった。過去、表現力に秀でた選手は何人もいたが、私にはどうも無闇に体をくねくねさせているか、大げさに顔の表情を作っているだけのようにしか見えなかった。しかし、高橋選手の滑りには確かに、人間の体がこれほどの美を表現できるのか、と観る者の心をわしづかみにするような凄味《すごみ》がある。『オペラ座の怪人』も『ロミオとジュリエット』もヒップホップ調の『白鳥の湖』も好きだった。けれどどうしても一番をつけるとなると、やはり今シーズンのフリープログラム『道』になるだろうか。

録画したバンクーバーオリンピックと世界選手権での演技を再生するたび、三十年近く昔、早稲田のミニシアターで観た映画『道』の場面を思い出す。幌《ほろ》の隙間から顔をのぞかせるジェルソミーナの切なげで愛らしい瞳、「ザンパーノが来たぞ」と言いながら彼女が打ち鳴らす太鼓の哀《かな》しい響き、その彼女の死を知って浜辺で号泣するザンパーノの背中。そういったものたちが次々と浮かんでくる。人間の愚かさと健気さを思い、なぜか涙ぐんでしまう。

いつしかそこが氷の上であるのも忘れ、これは音楽が誕生したと同時に、自然に大地からわき上がってきた踊りであり、彼はただ大地の躍動と共鳴しているに過ぎないのだ、との錯覚に酔いしれる。

なぜ泣くのか自分でも分からない。映画の感動がよみがえってきたから、という単純な理由からでないのははっきりしている。理屈を超えたところで、誰が名付けたのかは不明だが、とにかく涙と呼ばれている雫《しずく》が、心の底からあふれ出てくる。そうとしか説明できない。私の目の前で、一人の青年がただスケートを滑っているだけだというのに……。

さて、人間がなぜ言葉を獲得したのか、その過程を明らかにするため、生物学的に小鳥の鳴き声を研究している岡ノ谷一夫先生の著書『小鳥の歌からヒトの言葉へ』（岩波書店）を読んでいたら、面白い記述に出会った。ジュウシマツのオスはメスに求愛するため歌をうたう。メスはその歌を聞いてオスの品定めをするのだが、単純で面白味のない歌より複雑で高度な歌の方を好む。実験の結果、複雑な歌を聞いたメスは血中性ホルモンが増殖することが分かったのである。

たぶん鳥の求愛ダンスでも同じことが言えるのだろう。綺麗な色の羽を見せながら、軽快なステップを踏み、くちばしを揺らす。他のオスが誰もできない難しい技を繰り出す。自分を受け入れてほしいと願う気持を伝えるためだけに、ひたすら踊り続ける。敵が襲ってくるかもしれない恐怖にさえひるまない。

髙橋選手の演技を見て泣いてしまうのは、もしかしたら私が人間になる以前、言葉を持つよりずっと昔に出会った、求愛の歌とダンスを思い出すからかもしれない。どこか遠い森の奥、空は澄み、風は優しく、梢《こずえ》から漏れる太陽の光が地面で輝いている。生き物たちの気配はあちこちに潜んでいるが、あたりの静けさを乱すものは何もない。私を包む世界は今よりずっと簡潔だ。

一羽の鳥が私のためにダンスを踊り、歌をうたってくれる。光の中できらめく動きと、木々の間をすり抜けてゆくさえずりに、私は生まれて初めて美を感じ取る。言葉など知らなくても私たちの心は通じ合う。

自分の演技を見て一人のおばさんがこんなことを感じていると、髙橋選手は思いもしないだろう。だから私はこうささやきたくなるのだ。

「あなたは自分が思う以上の感動を人に与えているのですよ」と。

浮き輪クッキーが戻ってきた

まど・みちおさんの詩『ふしぎなポケット』。これについて仕事仲間の一人が、「ポケットをたたいてビスケットを二つ、三つに割ってゆく歌ですよね」と言うのを聞いて驚いた。

「そうやってビスケットを増やして、お友達に分けてあげましょう。そんな歌だと思っていました」

なるほど、つじつまは合っているようだが、タイトルにあるとおり、あくまでもこれは〝ふしぎな〟ポケットであるべきで、物理的にビスケットが割れたのでは意味がない。割れてしまってはビスケットはどんどん小さくなってしまう。やはり同じ大きさのビスケットが次々出現してこそ、正統的なふしぎなポケットと言えるのだ。

そもそも詩の最後には、〝そんなふしぎなポケットがほしい〟と書いてあり、それが簡単に手に入るものではないことが示されているではないか。

と、なぜか妙に興奮し、熱く語ってしまった。

また、ある友人は、「最初のうちは、二つになった、三つになったと喜んでいるが、やがてたたきすぎて粉々になる。その粉を見て、ああ自分のポケットはふしぎなポケットではなかったのか、と気づいてしょんぼりしたなあ」との思い出を語ってくれた。あるいは、衛生観念の厳しいお母さんから、ポケットの中は糸くずや砂埃だらけだから、決してビスケットを入れてはいけませんよ、と厳命されていた友人もいた。

一度口に出せばすぐに覚えられる易しい詩にもかかわらず、ふしぎなポケットの奥は案外深い。ただこの詩について語ってくれた人々は皆、実際自分のポケットにビスケットを入れたか、入れようとした経験を持っていた。それだけは共通している。

もちろん私だってどれほどふしぎなポケットがほしいと熱望したか知れない。あの頃、ビスケットやクッキーは今とは比べものにならないくらいハイカラで贅沢《ぜいたく》なお菓子だった。なかでも最も憧れていたのは、白と紺色の缶に入った、浮き輪がシンボルマークになったクッキーで、ごくたまにお客さんがお土産で持ってきてくれた時のような、特別な場合にしか食べられなかった。

蓋を開けると、小さな仕切りの中にいろいろな種類のクッキーがお行儀よく納まっている。ジャムがのったのはジャムがのった者同士、チョコレート味はチョコレート味同士、全員が自分の居場所をきちんと守り、一個として隣の仕切りにはみ出しているような者はいない。

中央付近、一番目立つ場所を与えられているのは、やはりシンボルマークと同じ浮き輪の形をしたクッキーだ。それは思わずつまんでみたくなる愛らしい輪っかで、オレンジ色や緑色の飾りがちりばめられている。思いのほか歯ごたえがあり、パリッと気持よく割れる。丁度飾りの部分を嚙むと、歯にしっとりとくっついて、甘味がいつまでも続き、それだけで幸福な気持になれる。

一度、お歳暮にこの浮き輪クッキーの詰め合わせが届いたことがあった。ところが我が家では父が公務員のため、仕事関係の贈り物は全部返送しなければならず、

「絶対、勝手に開けてはいけません」と、日頃から厳しく母に言われていた。

神棚に供えられたその缶の前を私は何度もうろうろした。大事に両手で持ち上げ、そっと揺すってカサコソいう音に耳を澄ませたりした。ここで私に一つの名案が浮かんだ。

「破れないように包装紙を開けて、一番上の段だけ、つまり全部の種類を一個ずつ食べて、元通りにしておけば分からないよ、きっと」

しかし、この名案は母によりあっさりと退けられた。

送り返されてゆく浮き輪クッキーを、私はただ呆然と見送った。

「ふしぎなポケットさえあれば、ふしぎなポケットさえあれば……」

泣きそうになるのをこらえながら、私はそうつぶやいていた。

今でも世界のどこかで、小さな子供がお母さんに知られないよう、こっそりポケットにビスケットを忍ばせているのだろうか。自分のポケットこそ、本物のふしぎなポケットに違いないと信じ、自信満々にそれをたたいているだろうか。そしてその姿を、まど・みちおさんが遠くから見守っている。私にはそんなふうに思える。

子供のポケットの底には、糸くずや砂埃の他に、必ずビスケットの粉も混じっている。

さて先日、ラジオの仕事の休憩時間、スタッフの方が出して下さったおやつが、何と浮き輪クッキーだった。「今でもあるんですか」。思わず私は大きな声を上げていた。あの時泣く泣く送り返したクッキーが、四十年経って自分のところへ戻ってきたかのような気分だった。

ねにもつ部分

翻訳家、岸本佐知子さんのエッセー集『気になる部分』と『ねにもつタイプ』は、私にとってなくてはならない本で、折に触れ手に取り、読み返している。この二冊は出版社も、元々の初出の雑誌も異なっているのだが、双子のように互いに呼応し合いながら見事な調和を見せている。岸本さんのエッセーの魅力は、この二つのタイトルにすべて凝縮されていると言ってもいい。ねにもつタイプ特有の粘り強さにより、気になる部分にひたすらこだわり続け、凡人には思いも及ばない特異な世界を見出す。つまり、そういうことなのだ。

例えば、『ラプンツェル未遂事件』では、海を見下ろす断崖《だんがい》の塔に暮らし、伝書鳩で原稿を送るような生活への憧れが語られる。自分がもしおとぎ話のラプンツェルなら、長く伸ばした髪を窓から垂らして王子様に助けを求めたりしない。いつまでも塔のてっぺんで幸せに暮らす。魔女とも友達になれる。と断言する。

そんなある日、岸本さんは国道沿いの丘の向こうで、〝六畳間を縦に十個ぐらい積み重ねたような形状〟の灰色の建造物に出会い、早速最上階の部屋を借りるべく、手付金を用意して訪ねて行く。しかしどことなく様子がおかしい。敷地には〝○○消防署〟の立て札があり、ハシゴ車が横付けされ、銀色の消防服に身を包んだ人々が何かやっている。

それは細長い塔状のマンションではなく、〝訓練塔〟だった。高層ビルの火災に備えてハシゴ車が訓練をするための建物だったのだ。名残惜しく岸本さんが振り向いた時、最上階の窓から垂れ下がった白い放水ホースは、何百年もそこに暮らすラプンツェルの白髪のように見えたらしい。

まず何より、気になる部分が塔である、という点が魅惑的ではないか。伝書鳩に魔女、と脇役も揃っている。その塔に対する偏愛が、岸本さんを奇妙な縦長の建物へと導いた。更にねにもつタイプでなければ、到底手付金までは頭が回らなかっただろう。岸本さんのポケットにはきっとハンコも入っていたはずだ。

そうしてラストの放水ホースとラプンツェルの白髪。これこそまさに、並外れた執念深さと想像力の賜物《たまもの》である。

私がこれほど岸本さんのエッセーに心ひかれるのは、やはり自分自身の中にも、気になる部分にこだわりすぎて、ねにもつ傾向があるからなのだ。ただ問題は、私がねにもつ部分は岸本さんと違い、創作の源泉となるようなロマンを一切含んでいないという点にある。私に取りついて離れないのはいつも卑小な事柄ばかりだ。

つい先日も、近所のパン屋さんで五千円札事件が起こり、それをいまだに引きずっている。パンを買って、五千円札を出したところ、若い店員さんがお札にじっと視線を落としたまま、なかなかお会計をしてくれない。

「あの、これ……」

彼女が指差したところを見ると、縁が一か所、直径五ミリほどの半円に焼け焦げている。私は煙草《たばこ》を吸わないので、きっとどこかのお店でもらったお釣りに混ざっていたのだろう。しばらくもじもじしていた彼女は、少し離れた場所にいるベテランの店員さんにそのお札を見せに行った。するとベテランさんは鼻をふんと鳴らし、偽札を追い払うように手をひらひらさせ、「お話にならないわ」という表情を浮かべた。

ほんの五ミリ欠けただけで、お札はもう使えないのだろうか、と少々疑問は感じたのだが、こういう場所できちんと問いただせない小心者の私は、黙って別のお札を差し出した。

その足で隣のスーパーへ行き、早速五千円札を使ってみたところ、それは何の問題もなくレジスターの中へ吸い込まれ、正当なお釣りがじゃらじゃらと出てきたのだった。

以来、そのパン屋さんで買い物ができなくなった。前を通るだけで、店員さんに見とがめられるのではないかとびくびくしてしまう。おそらくあの店で私は、インチキなお札を使おうとした客としてブラックリストに載っているはずだ。休憩室で、「最近のおばさんは油断がならないわねえ」などと噂されている。「スーパーで使えたものがここで使えない理由は何ですか」などと抗議する勇気はもちろんない。大好きな明太子《めんたいこ》フランスの味が忘れられず、店に足を踏み入れたとしても、私には完全無欠なお金を差し出す自信がない。あのカウンターの前に立つと、なぜか私の財布には、どこかが焦げたり破れたりしたお札しか入っておらず、再び私は偽札使用者としてさげすまれるのだ。ああ、私は今度からどこで明太子フランスを買えばいいのだろう。

こんな妄想に取りつかれた時、岸本さんに助けを求める。訓練塔でラプンツェルの白髪を発見できるほどの岸本さんなら、きっと焦げた五千円札にロマンチックなお話を見出してくれるはずだと思いながら、二冊のエッセー集を読む。

もう一人の小川洋子さん

AとBは知人。CとDも知人。ある日、AとCが出会い、ABCD四人そろって食事を楽しむことになる。

これは、よくある話だと思う。若い人たちがやっている合コンも、おそらくこうした具合で催されるのだろう。しかし私たちABCDはもちろん合コンのために集合したのではない。BとDが偶然にも同姓同名の小川洋子だったことから、二人を引き合わせたら面白いだろうという話になったのである。ちなみにAさんは図書教材関係の会社の社長さん、Cさんは数学者だ。

当日、雨の中、約束のレストランへ向かうと、もう一人の小川洋子さんはにこやかな笑顔を浮かべて既にロビーのソファーに座っておられた。

小川さんは大学でギリシャ語や古代史を学んだのち、二〇〇八年、テオプラストスの『植物誌1』を翻訳出版された。アリストテレスの学友、後継者でもあったテオプラストスが著した『植物誌』は、植物学の祖となる研究書であり、同時に植物を生活に活かすための実用書でもあるらしい。紀元前に書かれたこの長大な書物に取り組まれて、足掛け三十年。全三巻の予定の第一巻を完成されたのだ。

「丸一日費やして一行も進まないこともあるんですよ」と小川さんは恥ずかしそうにおっしゃった。私のような素人が考えても、それが容易な仕事でないのは十分理解できる。何しろ相手は紀元前、しかも日本から遠く離れたギリシャの植物たちだ。日本語の古典でさえ読むのが難しいのに、古代ギリシャの言葉を理解するのにどれほどの努力を要するだろうか。そのうえ本文を訳すだけにとどまらず、内容を補足する注釈にも力を注がれ、結局その注釈は本文の分量を超えるほどになった。更には挿絵までご自分で描かれたのだから、ただもう尊敬するよりほかにない。

念を入れてもう一度繰り返すが、その人とは、私と同姓同名の小川洋子さんなのだ。こんなふうに書いているだけで、なぜか私の方が自慢顔になってしまう。

それにしても、古代ギリシャ人が植物についてこれほど系統立った記録を残していたとは素晴らしい。取り上げられている植物の種類は約五百。テオプラストスは実際、野山に出てそれらを観察し、生長の仕方や雌雄の区別、農林学、薬学などへの応用から実生活での利用法に至るまで目を配った。二千三百年前の世界にも、現代と変わらない立派な科学があり、また自然を慈しむ心があったという証拠ではないだろうか。

もう一つ驚くのは、この書物が長い年月を生き延びた事実である。どの時代にあっても貴重な古書であったに違いない『植物誌』は、多くの人々によって書き写され、後世に引き継がれていった。

例えば私はこんな場面を想像する。修道院の薄暗い一室。一人の修道士が黙々と羽根ペンを動かしている。机の上には蠟燭《ろうそく》とインク壺。石の床は冷たく、吐く息は白く、窓の外は深い闇に包まれている。ムスカリについて、セイヨウハマナツメについて、彼は一字一字書き写してゆく。もしかしたらそれは、彼の生まれ故郷には生えていない植物だったかもしれない。一度も目にしたことのないその植物に、どんな愛らしい花が咲くのか思いを巡らせつつ、間違いのないよう、彼は慎重に書き進む。ペン先が滑る微かな気配以外、何の物音もせず、修道院は静けさに包まれている。

人間の生身の手によって守られた書物は、幾多の戦火や災害を乗り越えてきた。修道士の手が刻んだ文字は現代の日本にまでたどり着き、小川洋子さんに受け継がれ、根を張った。

確か井上靖さんの『天平の甍《いらか》』にも、経文を写すことに人生を捧げた遣唐使が登場するのを、ふと思い出す。業行という僧は、自分一人が学べることには限界がある、それより経典を写す方がずっと人々のためになる、と考え、壮絶なまでの覚悟で写経にのめり込む。

「律僧の二人や三人はかけ替えはあるが、あの写経には替るものはない」

「私の写したあの経典は日本の土を踏むと、自分で歩き出しますよ。私を棄《す》ててどんどん方々へ歩いて行きますよ」

しかし結局、業行の魂が詰った経巻は、日本へ帰国途中、海に沈むのだった。

ああ、『植物誌』の載った舟が沈まなくてよかった、小川洋子さんがいて下さってよかった、と私は思う。

食事の最後、恥ずかしながら拙著にサインをさせていただいた。

〝小川洋子様　小川洋子〟

書き終えた時、この偶然に感謝せずにはいられなかった。自分と同じ名前の人が、遠い古代ギリシャの植物たちと日々、会話を交わしている。そう考えるだけで平穏な心になれる。木々を揺らす二千三百年前の風の音が、聞こえてくるような気がする。

がんばれ、がんばれ

最近、うれしかったこと。

その一。老犬を連れ、長い坂道をよろよろ散歩していると、通りすがりのおじいさんから、「がんばれ、がんばれ」と声援を送られた。心からの優しい声援だった。

その二。生まれて初めて、バレエの公演を観る。吉田都さんが英国ロイヤル・バレエ団と競演する最後の舞台だった。演目は『ロミオとジュリエット』。吉田さんの体にだけ、重力が掛かっていないかのように見えた。更に当日は、サッカー・ワールドカップ、日本対パラグアイの大一番があり、一日のうちに、人間の肉体が表現できる最も美しい優雅さと、最も雄々しい剛健さの両極端を堪能した。

その三。家の体重計が実際より重く表示される、という事実が判明する。

その四。岐阜県の神岡より、重力波望遠鏡建設に着手、のニュースが届く。以前、研究施設を見学した時、先生から重力波とは何かについて説明していただいたのだが、私のささやかな脳みそで理解できる範囲には限度があった。アインシュタインが存在を予言したというそれは、宇宙が誕生した際に発生したさざ波のようなもの、であるらしい。間違っているかもしれないが、とりあえずそのように解釈している。

今でも宇宙のどこかで震えているさざ波の名残をキャッチするため、旧神岡鉱山の地下に望遠鏡が建設される。望遠鏡にもかかわらず、空ではなく地下に向かってその鏡をかざすところが、私は気に入っている。きっと恥ずかしがり屋なのだろうなあ、と思う。大事なカプセルだけを残して、自分は燃え尽きてしまった『はやぶさ』と同じように。

『はやぶさ』亡きあと、『イカロス』『あかつき』と共に、重力波望遠鏡を応援してゆくことに決める。早くこの望遠鏡にも相応《ふさわ》しい名前をつけてあげてほしいと願う。

その五。『ライ麦畑でつかまえて』を久しぶりに読み返す。何度も繰り返し読むほどに好きな本は、隅々に渡って覚えているつもりなのだが、どうしてもふっと、記憶からこぼれてしまうものがある。

私の頭の壁には、素っ気ないベニヤ板が一枚張り付けられている。そこに規則正しく何列もフックが並んでいて、一つ一つに巾着袋《きんちゃく》が引っ掛けてある。子供の頃着ていたブラウスやパジャマの生地で作った、小さな巾着だ。その袋一つが本一冊分の記憶になっていて、好きな場面、登場人物、台詞などがビー玉の形になって仕舞われている。巾着袋の口さえ開けば、いつでも色とりどりのビー玉を取り出し、好きなだけ掌で転がしたり、頰ずりしたり、光にかざしたりできる……。私にとって本を読み返すとは、つまりこういう作業なのだ。

やはり今回も大事な場面を忘れているのに気づかされた。主人公のホールデン少年が、妹フィービーにプレゼントするために買ったレコードを、誤って割ってしまうところ。ホールデンは学校を退学になり、行き場を失ったままニューヨークをさ迷い歩く。先生からは見放され、両親からも理解されない彼の唯一の味方が、まだ幼い妹のフィービーだった。彼女のために買ったレコード『リトル・シャーリー・ビーンズ』は、五十もの欠《か》けらになってしまう。しかしフィービーは言う。

「その欠けらをちょうだい」

そして兄からのプレゼントをナイト・テーブルの引き出しに仕舞うのだ。

どうしてこんなに素晴らしい場面のことを忘れていたのだろう。私はビー玉を手に取り、思わずつぶやいていた。そのビー玉は、ホールデンが歩き回った冬の街と同じくらい冷たく、欠けらを受け取ったフィービーの心と同じくらい澄み切っていた。

その六。老犬との散歩を続けていると、坂道の上からサッカーボールが転がり落ちてきた。

「おばちゃん、取って」

ボールを追いかけ、六歳くらいの男の子が大きな声で助けを求めてきた。任せなさい、とばかりボールをキャッチし、男の子に投げ返した。

「ありがとう、ゴールキーパー」と言って少年は坂道を駆け上っていった。

そうか、私はゴールキーパーなのか。あのカメルーンの猛攻を防いだ、吼《ほ》える川島か。あるいは金色の優勝カップを頭上に掲げる、スペインのカシージャスか。いずれにしても私は、一個のサッカーボールを救ったヒーローなのだ。

少年の一言でたちまち、ワールドカップのピッチに立ったかのような誇らしい気分になった。

家まではもう一息だ。

「さあ、がんばれ、がんばれ」

見知らぬおじいさんの口調を真似て、私は老犬を励ました。

追記　神岡の大型低温重力波望遠鏡はその後、かぐら（ＫＡＧＲＡ）と命名されました。

悲哀はお尻の中に

『看板娘』カバ大往生　国内最高齢五十八歳」

先月（二〇一〇年八月）のはじめ、いしかわ動物園（石川県能美市）のカバ、デカの死を伝えるニュースが新聞に載った。五十年以上生きるカバは珍しく、人間に換算すると、デカは百歳を超えていたらしい。

長寿日本一としてだけでなく、彼女は昔、お菓子メーカー、カバヤ食品のキャンペーンガールをしていたことでも有名だった。一九五三年に来日し、水槽を積んだトラックに乗って旅をしながら、キャラメルをＰＲして回った。

それにしてもカバヤとは懐かしい。子供の頃、カバヤといえば、遠足の時だけ買ってもらえる特別なお菓子の象徴だった。日頃、お菓子を買ってもらう習慣がなく、おやつはプリンでもクッキーでもアップルパイでも、たいていが母親の手作りであった。

だから遠足の時、二百円か三百円、学校で決められた金額以内で好きなお菓子を買ってもよい、というのは夢のような贅沢に思われた。岡山に本社があるからか、家の近所のスーパーではカバヤのお菓子が一番大きな場所を占めていた。甘い味、辛い味、硬いもの、柔らかいもの、いろいろバランスを配慮し、もちろん値段も暗算しつつ、何十分もかけて組み合わせを考えた。特に私が好きなのは、塩味のプレッツェルと、ジューCと呼ばれる清涼菓子だった。

当時、岡山駅のすぐ近くにカバヤの工場があり、高い塀に囲まれた向こう側は、子供にとってお伽噺の楽園に等しかった。そのそばを通る時、いつも私の心の中には、プレッツェルの森とジューCの海が広がっていた。

だから実物を目にする機会はなかったにもかかわらず、トラックに乗って旅をするカバの姿を、私はありありと思い浮かべることができる。ちゃぷちゃぷと揺れる水面、そこからのぞく丸い目玉と小さな耳、濡れた干し草のにおい、子供たちの歓声。彼らの口の中は、キャラメルの甘さで一杯に満たされている。そんなことにはお構いなしに、カバは好き勝手に水槽の底へ沈む。

しかし、彼女のキャンペーンガールとしての寿命は短かった。体が大きくなりすぎて、トラックの水槽に入りきれなくなったからだ。

日本にいるカバ、全六十頭との対面を果たされ、『カバに会う　日本全国河馬めぐり』という本まで書かれた俳人・歌人の坪内稔典さんも、カバ好きになった最初のきっかけはカバヤ食品であった。キャラメルの景品に付けられた文庫券を集めると、子供向けの読み物がもらえるカバヤ文庫。これに夢中になられたのだ。

考えてみれば、お菓子のメーカーがイメージキャラクターとしてカバを採用するのは、なかなか斬新な決断ではないだろうか。男の子があこがれる格好よさからは程遠く、また、女の子が好む可愛らしさはなきにしも非《あら》ずだが、撫でたり抱きついたりできる種類の可愛らしさではない。

カバが持つ魅力は独特だ。恐ろしいほどの巨漢にもかかわらず、どこか間が抜けており、象がたたえる賢者の雰囲気とも、サイの角に匹敵する洗練された武器とも無縁。いざとなれば水中でも陸上でもかなりのスピードを出せるらしいのだが、動物園ではそういう能力を発揮する機会も与えられず、濁った水中でただぼんやりしている。

それでもやはり子供たちはカバが好きなのだ。進化の途中で手違いがあったかのような、あの大きな胴体と短すぎる脚のアンバランスを、どうしても見過ごせない。子供とカバ、進化の途中にある者同士、密《ひそ》かに心を通わせ合っている。

以前、カバに乗って小学校へ通う少女を小説に書いたことがある。もっともこれは、コビトカバと呼ばれる種類で、その名のとおり、カバよりもサイズがうんと小さい。『カバに会う』の中で坪内さんはこの拙著について取り上げて下さっているのだが、何と驚いたことに、これほどのカバ好きの坪内さんが、

「このコビトカバ、私はあまり好きではない」

と告白されている。サイズに合わせ、品格も小さい、というのだ。

思わず私は「えーっ」と抗議の声を上げた。同じカバ好きとして、坪内さんにどうしてもこれだけは申し上げておきたい。カバであるのに小ささを強要された彼らが、あの、コロン、としたお尻の中にどれほどの悲哀をたたえているか……。

さて、坪内さんがいしかわ動物園でデカに会った時、彼女は室内プールに浸《つか》っていた。さすがに年齢は隠せなかったらしい。

「肌に張りや光沢がなく、白くふやけている。……全体が水に溶けている感じだった。……今、ゆっくりと水に戻っているのだろうか」

八月五日、デカは普段と変わらず晩御飯を食べ、その後程なく、プールに沈んでいるのを発見された。坪内さんが予感されたとおり、水に溶けてゆくかのような、静かで立派な最期であったのだろう。

むしゃくしゃ

　仕事先でむしゃくしゃすることがあり、少し頭を冷やさねばと、ホテルの前の公園をぐるぐると歩き回った。お酒は飲めず、愚痴を聞いてくれる友人の顔も思い浮かばず、どうしていいか分からないまま、気がつけばなぜか歩いていた。

　一周するのに、速足で十五分くらいかかる大きな公園である。ちょうどいいサイズじゃないか、よし、ここを夜が明けるまで十周でも二十周でもしてやろう、という勢いだった。

　ところがいざ歩きはじめてみると、酔っ払いが多くて出端をくじかれる。ベンチに寝そべったり、奇声を上げたりしている人もいる。彼らに絡まれないよう、適切な距離を保ちながら、速足で進む。背筋を伸ばし、真っ直《す》ぐに前を見つめ、いかにも大事な用事があって、あなた方に構っている暇はないのだとでもいうかのような雰囲気を発散する。

敵は酔っ払いだけではない。小鳥かネズミか知らないが、茂みの中からはカサコソと音がするし、不意に虫が飛び出してくる。薄暗い足元には石が転がっている、穴が開いている。途中、歩道工事の現場に邪魔され、自転車にはいまいましげにベルを鳴らされる。頭を空っぽにするつもりが、むしろ余計な神経を刺激され、気を抜く暇がない。

しかもそれは、小説を書いている間、ほとんど使っていない種類の神経なのだ。目に見えない敵から身を守るための野性的な本能、とでも言ったらいいのだろうか。星の光だけを頼りに、闇夜の森を狩りに向かう先祖の血が、ざわざわとよみがえってくる。

そのうち、汗がにじんでくる頃、〝むしゃくしゃ〟の様子が変わってきているのに気づいた。一歩土を踏みしめるたび、身体の中に小さな振動が起こり、さざ波となって胸を塞《ふさ》ぐ〝むしゃくしゃ〟のもとへ到達する。靄《もや》のように気持悪く立ち込めていたそれは、ブラウン運動を起こし、粒子の輪郭がはっきりとしはじめ、やがて篩《ふるい》に掛けられるようにしてパラパラ胸の底へと沈殿してゆく。それでもまだ私は、茂みをかき分け、星を見上げ、狩りのために歩を進める。

いつの間にか〝むしゃくしゃ〟は、一個の小石になっていた。つかみどころのなかったものが、掌で握れるほどの小ささに凝縮されている。歩くリズムに合わせ、ころん、ころん、と肋骨《ろっこつ》の隙間を転がっている。

歩く、という言葉から私が一番に思い浮かべる小説は『ノルウェイの森』だ。主人公の僕と直子は偶然、一年振りに再会し、四ツ谷駅から駒込まで歩く。しかしそれはデートと呼べるほどロマンチックな散歩ではなかった。目的もなく、ほとんど言葉も交わさず、常軌を逸した集中力で直子は歩き続ける。そんな彼女の一メートルほど後ろを、僕はただ黙ってついて行くしかなかった。

それから二人はゆっくりと一メートルの距離を縮めてゆき、彼女が二十歳になった夜、結ばれる。しかしその後、直子は何の相談もなく、山奥の療養所へ入ってしまう。

僕は療養所へお見舞いに行き、二人はまた林の中を歩く。不確かな言葉より、一歩ずつ地面を踏みしめる足音の方が、ずっと真っ直ぐ相手に伝わってゆく。たとえ一瞬でも、僕はそれだけで十分な幸福を感じる。けれど直子は最後まで、自分だけの言葉を追い求めて苦しみ、結局、僕の手の届かない遠いところへ旅立ってゆく。

四ツ谷から駒込まで歩きながら、混乱した自分の胸の内をどう伝えたらいいのか、直子さんは手がかりをつかもうとしていたのだろうか。あるいは、どうやっても伝わらないのだということがよく分かっていて、その絶望を鎮めるために歩いたのかもしれない。いずれにしても彼女の苦悩は、さざ波の中でたやすく結晶になるほど単純ではなかった。

さて、肉体的な疲労が高まるにつれ、夜が明けるまで、の決意は簡単に崩れ、五周もしないうちにウォーキングはおしまいとなった。ホテルの部屋に戻り、靴下を脱ぐと、慣れない運動をしたせいか左足の親指の爪《つめ》に血豆ができていた。

「おお、なるほど。私の悩みはこんなちっぽけな小石にまとまったか」

なぜかとても満足した気分だった。お風呂に入り、よしよし、と言いながら親指の爪を石鹼《せっけん》の泡で撫でてやった。おかげで、その夜はよく眠れた。

この調子でウォーキングを続ければ、いい小説が書けるかもしれない。ぼんやりしたイメージが色彩を帯び、風をはらみ、見事に立ち現われてくるのではないか。

そんな期待を抱きつつ、毎晩家の近所を歩いている。もう二か月くらいになるが、いい小説が書けそうな気配はまだない。

一つ困るのは、今の季節、山から降りてきたイノシシに出会うことだ。彼らは皆、大事な用事があって急いでいる様子なので、できるだけ邪魔にならないよう気をつけている。

名前を口にすること

無事、イトカワから地球まで微粒子を持ち帰った小惑星探査機に、「はやぶさ」という名前をつけた人は偉いと思う。これがもし単なる小惑星探査機MUSES-C、というだけであったならば、あれほどの熱狂は起きなかったのではないだろうか。

帰還したはやぶさが、いよいよオーストラリアの砂漠に姿を見せた時、関係者の一人が空に向かって「お帰り、はやぶさ」と声を上げていたが、その口調には心からのいたわりがこもっていた。機械に向かって発せられた言葉とは、とても思えなかった。

鳥のハヤブサを実際に見たことはないが、だいたいの想像はつく。広大な草原の中から、微かな獲物の気配をキャッチする鋭い目。その一点に向かってゆくスピード。しくじってもあきらめない執念。余計な飾りを排した潔い姿。目印もないまま巣への道筋を見分ける賢明さ。こうしたものがすべて、探査機はやぶさと重なり合っている。カプセルだけを残し、燃え尽きた彼はまさに野生動物だ。自らの役目が終ったと悟った時、何の未練も残さずひっそりと死んでいったのだ。

もはやハヤブサとはやぶさは区別できない。私の中では、翼と嘴《くちばし》を持った一羽の勇敢な鳥が、宇宙の漆黒を旅している。最先端の科学技術を駆使したプロジェクトが、一つの名前を得たことで物語になる。宇宙の起源が解き明かされる喜びと、一つの物語を得る喜びは、等しく私を幸福にしてくれる。

名前は大事だ。この世にある事物に、最初に名前をつけたのはどんな人だったのか、とふと想像してしまう。何でもいいのだけれど、例えば、桔梗《ききよう》。花の名前にもかかわらずどこか毅然とした雰囲気を漂わせるその響きは、花弁の尖《とが》った先端と深い紫色を見事に言い当てている。野山の茂みの奥でこの花は、人には聞こえない声で、ききょうききょう、とささやいているような気がする。

あるいは、マトリョーシカはどうだろう。胴体をねじって中の人形を取り出し、また胴体をねじって次の人形を取り出し、というこの間延びした感じ。これがマトリョーシカのリョーのところに表われている。そして、人形でありながら少女ではなく、お婆さんを連想させるころんとした体形は、シカ、の部分に凝縮されている。なぜなら、子供の頃、親戚のおばさんからお土産にマトリョーシカをもらった時、たまたま野口英世の伝記を読んでいる最中で、人形を手にした途端、英世の母、しかさんを思い浮かべたからだ。以来マトリョーシカは私にとって、遠く離れて暮らす子供への思いを何重にも隠し持った、お母さんの象徴となった。

万年筆、定規、カレンダー、手帳、目薬……。仕事机の上にあるものすべてが名前を持っている。そこにあるのに何と呼んでいいのか分からないものは一つもない。しかも、消しゴムは消しゴム、ホチキスはホチキスであり、それ以外の呼び名は考えられない。名前とものが離れがたく密着している。

たぶん、ものの方がさきにあって、あとから名前がやって来たのだろうが、どれもこれも迷惑そうにせず、当たり前な顔をしているところが微笑ましい。あなたは時計で君は修正液、と一つ一つ確認していると、自分の生きている世界がどっしり安定しているのを感じる。

もちろん人間にも名前がある。物心ついた時から既に私はもう洋子であり、いつどんな時でも、私が間違いなく他の誰でもない私自身であることを証明してくれている。名前が自分の内側に満ちあふれている。

と、そんな取り留めのないことを考えているうち、思い出されるのはやはり、アンネ・フランクだ。『アンネの日記』をドイツ語で暗唱する女子大生たちを描いた、赤染晶子さんの小説『乙女の密告』に、次のような文章がある。

〝暗唱にはルールがある。暗唱の最後に必ずアンネの名前を言わなければならない。暗唱を途中で棄権する場合でも必ず、アンネの名前だけは言わなければならない〟

日記は手紙形式で書かれたため、彼女は繰り返し差出人として自分の名前を書くことになった。指導教官のバッハマン教授は、アンネ・フランクという発音を最も丁寧に練習させた。

隠れ家の机で、一日の終わり、何度も日記に書き付けた名前。それを彼女は強制収容所で奪われることになる。代わりに入れ墨された番号を与えられ、死後は名前を刻む墓碑もない穴に埋められた。

こんなふうにアンネ・フランク、と私が口にするたび、失われた名前が彼女の魂のもとへ帰ってゆくのであれば、どんなにいいだろうと思う。そうであってほしいと願う。桔梗やマトリョーシカと同じように、アンネ・フランクという名前は、ホロコーストの象徴でもベストセラー作家の氏名でもなく、彼女自身のものなのだから。

ブンちゃんの歌

どんなに体は小さくても、生き物を飼うとなれば、やはりそう簡単にはいかない。時折たまらなく動物が恋しくなり、動物園へ行ったり、ドキュメンタリー映画のDVDを借りてきたり、『シートン動物記』を読み直したりするのだが、それでも気持がおさまらない時には、飼ってみようということになる。今回は文鳥だった。名前は既に、ブンちゃんと決まっている。

甲子園球場の近くにある昔ながらの商店街を入ってゆくと、ひっそりしたたたずまいの小鳥屋さんがあった。いや、遠慮深いほどに狭い間口や年季の入った看板のせいで、ひっそりしている錯覚を抱いただけで、実際には小鳥たちのさえずりが外にまであふれていた。

長い時間観察し、一羽の桜文鳥に狙いを定め、いざ買おうとする段になってようやく、その前に鳥かごが必要だと気づいた。ところが小鳥屋さんに置いてある鳥かごがどれも今一歩気に入らない。お掃除しやすいよう人間の都合を第一に考えたデザインばかりで、文鳥の愛らしさにマッチしていない。すぐにでも家へ連れて帰る気満々だった勢いがそがれ、仕方なくブンちゃんをあとに残し、小鳥屋さんを出た。

鳥かごというものは一体どこに売っているのか。一週間かけ、思いつく限りのペットショップやホームセンターを回ってみた。しかし、なぜか並んでいるのは、金属製の味気ないかごばかりだった。私は特別、贅沢を言っているわけではない。指や翼に優しい天然素材で、たっぷりした広さがあり、水滴の音にたとえられる文鳥の鳴き声に相応しいデザインのかご。私が求めているのはそれだけだった。

結局、インターネットに頼り、竹製のアーチ型、真鍮《しんちゅう》ふう取っ手付き、というそれらしいかごを注文した。かごの到着を待ちきれず、早速、餌《えさ》入れ、水入れ、水浴び器、皮付き餌を購入して準備を万端整えた。

ところが、いざ鳥かごが到着してみると、デザインは理想どおりだったのだが、出入り口が予想より小さく、餌や水の入れ物が入らない。無理やり手を押し込めようとすると、竹ひごの先が甲に突き刺さりそうになる。容器を出し入れするためには、自分の手の厚みも計算に入れておかなければならなかったのに、そこまで頭が回らなかったのだ。

そこでまた小ぶりの容器を探す店巡りがはじまった。鳥かごを抱え、新しいサイズを見つけるたび、出し入れしてみる。自分の手がこんなに邪魔だと思ったことはかつてなかった。指の筋がつりそうになるほどだった。

ようやく適切な容器を手に入れ、いよいよブンちゃんだと思った時、次の問題が浮上した。鳥かごをどこに置くか、考えていなかったのだ。「やはり鳥ですからね。人間の目より高い所に置いてやらないと、ストレスがたまるんです」と、小鳥屋さんはもっともなことをおっしゃる。そんなうってつけの台が、わが家にあっただろうか？　懸命に頭を巡らせる。本箱、タンス、食器棚……どれも現実的ではない。ここで私は鳥かごを置く台を探すため、再び旅に出る。

人間の視線より少し上になるくらいの高さで、安定感があり、ブンちゃんが思う存分水浴びをしても腐ったりしない素材の台。そのただの台を探すのがどれほど大変だったか、についてはもう語るまい。とにかく、とある家具屋さんでそれを手に入れ、車の荷台にねじ込むようにして運び、本当にすべての準備が整った時には、初めて小鳥屋さんを訪れてから一か月近くが経っていた。

やっと小鳥屋さんに舞い戻ってみると、小鳥たちの顔ぶれは微妙に変化していた。新しく成鳥の毛に生え変わったばかりの鳥、買われていって姿を消した鳥、売れ残って値引きされた鳥、さまざまであった。しかし、とにかく私は桜文鳥を一羽買った。すべて抜かりなく準備は整っているのだから、正々堂々としたものであった。それが初めて訪れた時に買おうとしたブンちゃんと同一の桜文鳥であるかどうか、自信はなかったが、あまり深くは考えないことにした。

ブンちゃんは綺麗な声で鳴く。適切な高さを保つ台に据えられた、厳選された鳥かごの中でさえずる。水入れには新鮮な水、餌入れにはたっぷりの皮付き餌が蓄えられ、何の心配もない。

仕事部屋とブンちゃんがいる玄関は吹き抜けでつながっているので、鳴き声は私の耳に鮮やかに届いてくる。あの小さくか弱い生き物が発しているとは信じられないくらい、精巧な歌だ。小鳥の世界では美しい声で鳴くオスほどメスにもてるという。つまりブンちゃんと私は、言葉も通じないのに、同じものを美しいと感じる心を共有していることになる。

ほどなく、台はブンちゃんがまき散らす餌の皮に覆われ、鳥かごの真鍮ふうの取っ手は壊れてしまったけれど、そんなことにはお構いなく、ブンちゃんは今日も歌っている。

オクナイサマが手伝ってくれる

もう自分は若者ではないのだなあ、という当たり前の事実を、しみじみかみ締めることが最近増えてきた。

本を取りに二階へ上がり、日が暮れてきたのに気づいてカーテンを閉め、そのまま下りてくる。「あっ、本」と思い出すまでに十五分くらいかかる。顔をこすると、正体不明の白い粉がはらはら落ちてくる。『ノルウェイの森』を再読し、緑や直子ではなく、皺の多い中年女性レイコさんに感情移入している自分を発見する。足の小指の爪がどんどん小さくなっている。生協の配達の青年に、「車の運転気をつけてね」と毎回声を掛けてしまう。

しかし何より一番困るのは、集中力の欠如である。小説を書けば書くほど、どっしり落ち着いてきそうに思われるのに、なぜか正反対で、原稿の前に座るのが年々苦痛になっている。数行書いては立ち上がり、部屋を周回し、また数行書いては周回する。低下するばかりの代謝に抵抗するかのごとく、無意味にうろうろしている。当然、仕事の効率は落ち、若い頃ならば一日で書けた原稿が、三日も四日もかかるようになる。長編小説にいたっては、一体いつになったら完成するのか、想像もつかない。

こんな調子では、とても間に合わない。自分にはもう長編小説など書けはしない。と、仕事の途中、何度もそう思う。

ところがなぜだろう。不思議なことに、締切には間に合うのである。ぎりぎり綱渡りではあるものの、どうにか人様に迷惑をかけないところに、納まるのである。

到底たどり着けないと思っていた小説の最後の地点に、自分が立っていると気づいた時のあの気持は、不思議としか言いようがない。思わず「あれっ」と声を漏らし、本当にこれを自分が全部書いたとは信じられず、あたりをきょろきょろ見回している。書いたという記憶は薄ぼんやりしてはっきりせず、ただ部屋を周回した実感が残っているに過ぎないのだ。

「誰かが手助けしてくれたんだろうか」

と、私はつぶやいてみる。自分の声を聞かれたら、もうその誰かはやって来てくれないかもしれない、という勝手な思い込みから、声にならない声でこっそりとつぶやく。

『遠野物語』の中に、オクナイサマと呼ばれる神様が田植えを手伝ってくれるお話がある。田植えの人手が足らずに困っていると、どこからともなく現われた背の低い小僧が、ご飯も食べずに一日働き、日暮れとともに去ってゆく。家に帰ってみると、縁側に小さな足跡があり、座敷に祀《まつ》られたオクナイサマの神像の腰から下が、泥にまみれていた。

自分にもオクナイサマがいるに違いない。私が落ち着きなく部屋をうろうろしている間、代わりにオクナイサマがパソコンの前に座り、キーボードを打って下さった。その小さな指で、カタ、カタ、カタ、と……。

オクナイサマに出会えるのなら、若者でなくなるのも別に悪いことではない。歳を取るのは決して不幸ではない。

父は晩年、痴呆《ちほう》が進み、私が娘であるのも分からなくなった。看護師さんに「この人誰か分かる？」と聞かれ、父は恥ずかしそうに「妹です」と答えた。

　何の用事で二階へ上がったか忘れ、小指の爪は変形し、顔は白い粉をふいている娘なのだから、その父親が痴呆になってもしょうがないじゃないか。すべては順番どおりだ。自分のことより、常に子や孫の心配ばかりしてきた父が、ここでようやくその心配から解放されたのだ。これは喜ばしいことなのだ。弟はたくさんいるけれど、妹は一人もいないから、一度妹というものを持ってみたかったのかもしれない。それならば、私が妹になろう。お安い御用だ。そう、自分に言い聞かせた。

　丁度その時、私は出版されたばかりの新しい本を持っていた。

「……を……いて……と……ぐ」

　父は本を手に取り、タイトルの平仮名だけを読み上げ、それからパラパラとページをめくった。

「この本、私が書いたのよ」

　と言うと、父はびっくりして顔を上げた。

「これ、全部？」

「うん、そう」

「えっ……」

しばらく絶句したあと、本を握ったまま父はぽつんと言った。

「こんなに書いたら、死んでしまう」

娘のことは忘れたのに、娘を心配する心だけは忘れていなかったらしい。やはり生きているかぎり、心配のない国へ行くのは難しいのだろう。

「大丈夫よ」

私は父の背中を撫でた。

「オクナイサマに手伝ってもらったから」

それでも、いつまでも父は娘の書いた本の表紙を見つめていた。

偶然の計らい

信じられない偶然の出来事に遭遇すると、誰かに聞いてもらいたくてすぐに喋ってしまう。黙っているのがもったいない気持になる。

五、六年前だったか、丸の内の書店で催されるサイン会に出席するため、東京駅の改札口を抜けようとした時、フィギュアスケーターの本田武史さんがいるのに気づいた。二〇〇二、三年の世界選手権でともに三位、ソルトレークシティーオリンピックで四位になった、あの本田さんだ。

テレビで見るより小柄だけれど、やっぱりしなやかな体つきだなあ、と思いながら後ろ姿を見送り、書店に到着するとまず、サイン会の様子を撮影するカメラマンさんを紹介された。手渡された名刺には、漢字は異なるものの、ホンダタケシ、とあった。次の瞬間、そばにいた編集者が声を上げた。

「あら、ホンダ君じゃない」

二人は小学生時代の同級生で、二十五年振りに再会したのだった。

東京駅から書店まで、わずか十分足らずの間に起こったこの偶然について、私は夢中で皆に喋った。全員、ほーっと驚きの声を漏らした。驚く以外、他にどう反応していいのか分からない様子だった。

しかし、とにかく当日のサイン会は盛況で、写真もいいものが撮れた。間違いなく、ホンダタケシさんのおかげであろう。

偶然について語るのは、本当は難しい。変に脚色しようとすると、たちまち本来の魅力が失われる。もともと偶然とは人間の想像力を超えた現象なのだから、教訓を読み取ろうなどと余計なことは考えず、ありのままに素直に描写する必要がある。

偶然の専門家とも呼んでいい作家ポール・オースターは、偶然を切り口にいくつもの素晴らしい小説を書いている。

彼の自伝的エッセー集『トゥルー・ストーリーズ』（柴田元幸訳）は、現実と偶然と物語がどのように関わり合い、そこで作家がどんな役目を果たすのかについて考えさせられるユニークな一冊だ。このエッセー集を読み返すたび、物語は作家が自分の頭で生み出すのではなく、現実世界に張り巡らされた、理屈を超えた計らいの中に既に潜んでいるものなのだ、という感慨を得る。すると急に気分が楽になる。物語は既にそこにあるのだから、作家の私がじたばたする必要など何もないのだ。そう思える。

『トゥルー・ストーリーズ』にこんなエピソードが出てくる。不運が重なり、数週間の間に仕事を失い、親友を強盗に殺された女性がいた。そのうえ愛猫が重病にかかって手術が必要となったが、費用の三百二十七ドルが出せない。銀行の預金はほとんどゼロで、死を待つ以外他に方法のない状況だった。

ある日彼女は車を運転中、信号待ちの交差点で、殺された親友の声を耳にする。親友は「大丈夫」と繰り返す。幻聴に心を奪われ、青に変わった信号に気づかず止まっていた彼女の車に、後ろの車が追突する。車はテールライトとフェンダーが壊れてしまう。青信号なのに発進しなかった私が悪いんです、と言う彼女を制し、追突してきた車の男は誠意を持って処理にあたり、修理費用は自分の保険でまかなうからと、見積書を送ってきた。その額はほぼきっちり、三百二十七ドルだった。

大丈夫、の言葉で猫を救った偶然と、私が二年前に体験した偶然は、きっとどこかでつながっていると思うのだが、どうだろう。その日私は絶望の中にいた。飼い犬のラブラドール、ラブが車にはねられたのだ。頭を強く打ち、動物病院に運ばれてすぐに処置をしてもらったものの、危ない状態だった。ラブを入院させ、とりあえず家に帰り、何も手につかないまま、ただ呆然としていた。たまたま仕事の用事で電話をくれた編集者に泣いて事情を話し、慰めてもらった。

頭を打ったせいでいろいろな症状が現われ、入院は長引いた。そこに、通販サイトの会社から、注文した覚えのないＣＤが一枚送られてきた。嵐の『きっと大丈夫』だった。

きっと心配した編集者が私を励ますつもりで送ってくれたに違いない。ありがたく私はそれを頂戴し、早速聴いてみた。正直なところ、気軽な曲ではあったが、若者たちが〝いいじゃない、悪くない、愛じゃない〟と歌っているのを聴き、きっとラブは大丈夫だと、確信することができた。

ところが夜になり、宅配便の会社から電話がかかってきた。嵐のＣＤが誤配だったというのだ。破いて捨ててしまった包装紙を引っ張り出し、よく見てみると、確かに宛名は小川洋子だが、住所が微妙に異なっている。近所に同姓同名の人が住んでいるらしい。

すぐに宅配業者がＣＤを引き取りにきた。遠ざかってゆくライトが見えなくなるまで、私は車を見送った。ＣＤは手を離れたけれど、『きっと大丈夫』のメッセージだけはしっかりと受け取りましたよと、計らいの主に向かってつぶやいた。

やがてラブは退院し、元気になった。

機嫌よく黙る

川上弘美さんの句集『機嫌のいい犬』を手に取った時、思わず「そうだ、そのとおりだ」と大きくうなずいた。犬とはつまり、機嫌のいい生き物である。犬を表わすのにこれほどぴったりな言葉は他にない。

我が家のラブラドール、老犬ラブの一日は、散歩、遊び、ご飯、睡眠の四つで成り立っているが、目が覚めている間はずっと機嫌がいい。散歩は何より生きがいであるし、ゴムのおもちゃを噛み噛みするのは楽しいし、ご飯は美味しい。機嫌が悪くなる暇などない。そして睡眠の時間でさえ、尻尾《しっぽ》や舌で表現できないだけで、ちゃんと機嫌よく眠っているのである。

十三歳になり、若かった頃の爆発的なエネルギーはとうに失われ、日々衰えてゆく一方の姿を見ていると、飼い主としては悲しくなることも少なくない。犬小屋に入る途中、小さな段差につまずいて後ろ足がふにゃりとなり、そのまましばらく立ち上がれない。昔は鍵の音がしただけで散歩の気配をキャッチし、玄関まで飛んで来ていたのが、今はリードを目の前で振ってもまだ気がつかない。餌は腎臓病ケアの特別配合になったもの。おやつのパッケージには、シニア専用、低脂肪、オリゴ糖入り、の文字。

前肢を踏ん張って、何度も失敗しながら、どうにかこうにか立ち上がろうとするラブを見ていると、つい涙ぐんでしまう。芦屋川の川べりを走り回ったり、公園の滑り台を一緒に滑り降りたり、高速道路をドライブした思い出がよみがえり、もうあんな日々は帰って来ないのだ、という思いで胸が苦しくなる。

ところがどうだろう。ラブは平気だ。少しも気に病む様子などない。脚が弱くなっても、目が見えなくなっても、餌が腎臓病用になっても、相変わらず機嫌のいいままだ。

川上さんの句集の中から一句。

◇徹頭徹尾機嫌のいい犬さくらさう

死ぬまで徹頭徹尾、機嫌のよさを貫ける犬とは、やはり偉大な生き物である。だから私も犬を見習い、できるだけ機嫌よく生活したいと願っている。同じく句集から。

◇はつきりしない人ね茄子《なす》投げるわよ

機嫌が悪くなる原因のほとんどは、人間関係にあると言っていいだろう。できれば、茄子を投げたくなるような、込み入った事情には陥りたくないと思う。しかし、一体どんな状況になれば、人様から茄子を投げられるのか、とても興味深くてたまらないのだけれど。

考えてみれば、犬は茄子を投げたくても、投げられない。生まれつき何かを投げるという行為を放棄している。この潔さにまた感服する。

◇もの食うて機嫌なほりぬ春の雲

そう、やはり犬を見習って、心がざわついたら何かお腹に入れるに限る。特別ご馳走《ちそう》である必要はない。焼き茄子か、マーボー茄子くらいで十分だろう。

さて、一つ問題なのは、機嫌よく振る舞おうとすると、なぜか口数が多くなることなのだ。例えば仕事の打ち合わせ中、私はできるだけその場の雰囲気を和やかにしようと、ニコニコ笑みを浮かべる。相手側にちょっとした不手際があっても責めたりしない。「いいですよ。大丈夫ですよ」と軽く受け流す。内心むっとしても、いや、ここで機嫌を悪くしては私の負けだ。ラブを思い出せ、ラブを、と自分を励ます。

そうしているうち、だんだんと口数が多くなってくる。ここで沈黙が訪れたら、さっきのむっとした感情がよみがえってくるのでは、と恐れるように、どうでもいいことをべらべら喋ってしまう。必要以上に自分の機嫌のよさをアピールしようとする。

決定的な失言は、しばしばこういう時に発生する。家に帰り、「なぜあんなことを言ってしまったのか……」と後悔し、頭を抱える。枕に顔を埋め、「馬鹿、馬鹿、馬鹿」と自分を叱る。いつの間にか機嫌が悪くなっている。

それに引き換え犬はどうだろう。やはりここでも話は犬に戻ってくる。犬は何と賢いことに、言葉を持っていない。どんなに機嫌がよくても、喋らない。

◇車座にまじり犬の子枇杷《びわ》の花

犬は機嫌よく車座にまじってくる。言葉など喋らなくても、ちゃんと仲間におさまって、皆をなごませている。

私が目指すのは、機嫌よく黙っていることである。うすうす感づいてはいたが、理想の生き方を示してくれているのは、やはりラブだった。

昔、父が喉のポリープを手術した時、ベッドに『緘黙《かんもく》療養中』という札がぶら下がっていたのを、今ふと思い出す。啓示に富んだ、なかなかいい言葉ではないか。犬の境地には到底たどり着けない未熟な私は、ただ単に機嫌よく振る舞う修行をするだけでは足りず、『緘黙療養中』の札を首から下げておく必要があるのかもしれない。

常に全力

「小川さんが校歌を作詞した創志学園、選抜高校野球大会の出場が決まりましたよ」

と、毎日新聞の方からお電話をいただいた時、最初はよく意味が分からなかった。岡山にある創部一年目の学校が、中国大会で準優勝をし、春の選抜に出られる可能性が高いという噂は耳にしていたが、その学校と自分に関わりがあるとは思ってもいなかった。

よく聞いてみると、一九九八年、岡山女子高校がベル学園と改称され、更に二〇一〇年、創志学園に校名変更されて野球部も創設されたとのこと。確かに私がベル学園の校歌を作詞したのは間違いない。校名は変わったものの、校歌は引き継がれたのだった。

時に、こんな思いがけない喜びがもたらされる。何の期待もしていなかったのに、自分の払ったささやかな労力が、何倍もの実りになって返ってくる。

以前、仕事で甲子園球場の裏側を取材させてもらった。室内練習場やブルペンやベンチを見学し、いよいよグラウンドの片隅に立った時、もうこれ以上先へは足を踏み入れられないな、と本能的に理解した。

柔らかく細かい砂で見事に整備された内野、真っ白なベース、外野に広がる芝生。それらは神々しいほどの緊張感をはらんでいた。そこに立つに相応しい人間のみが、ラインを越えてゆくことを許され、そうでない人間はこちら側からただじっと見ているだけしかできないのだった。

あの神聖な甲子園球場に、自分の作った校歌が流れる。想像しただけで涙ぐみそうになった。創志学園野球部の全員に、お礼を言いたい気持になり、早速、激励の手紙を送った。

ほどなく、彼らからお礼の寄せ書きが届いた。色紙の真ん中に元気よくジャンプする部員たちの写真が貼られ、その上には、

『甲子園で校歌を響かせます』

の一行があった。

『全員野球』『初志貫徹』『切磋琢磨』。どの選手の字ものびのびとして生命力にあふれている。『本塁死守』。この子はキャッチャーだな。『不撓《ふとう》不屈』。こんな難しい漢字が書けること自体、素晴らしい。『走る姿は心をうつす』。これは名言だ。一番基本的で一番辛《つら》い練習のランニングこそ、心をこめてやらなければならないのだろう……。私は会ったこともない少年たちの姿を、一人一人胸に思い浮かべていった。そこに、あの地震と津波が襲ってきた。

少年たちがただ野球をしているだけなのに、どうしてこんなに胸が熱くなるのだろう。今年の選抜高校野球大会ほど、その不思議について繰り返し考えたことはなかった。彼らがやっているのは、ルールにのっとった一つのスポーツに過ぎない。にもかかわらず、スポーツ以上の何かをもたらしてくれる。

小説の世界に住む野球少年の中で私が最も愛しているのは、ジョン・アーヴィング著『オウエンのために祈りを』に出てくるオウエンだ。体が小さいゆえ、野球が苦手で、コーチからはいつもフォアボールを狙うように言われていた彼は、ある試合で、生涯でただ一度だけバットにボールを当てる。ファウルとなったそのボールは、観客席にいた親友の母親を直撃し、彼女の命を奪ってしまう。以降、オウエンは死ぬまで、自分に与えられた宿命の意味について考え続ける。

〝神さまはきみのお母さんを奪った。ぼくの手が道具となった。神さまはぼくの手を使った。ぼくは神さまの道具なんだ〟（中野圭二訳）

こうして彼は神の意志を表現するための道具となるべく、自らの人生を切り開いてゆく。野球というスポーツの一瞬のプレーが、一人の人間の生き方を指し示したのだ。

しばしば野球にはそういうことが起こる。なぜあの時、あんな簡単なゴロをエラーしてしまったのか。なぜあそこで、あの一球を見逃したのか。一生考え続けても答えの出せない問いを、スポーツは投げ掛けてくる。

だからこそ私たちも、まるで目の前の試合が一人の人間の生き方を映しているかのような思いで、一生懸命に試合を観る。

創志学園のキャプテン、野山慎介君は開会式で選手宣誓をした。立派な宣誓だった。台に上がって、帽子を取ってお辞儀をする、その仕草に心がこもっていた。太い眉毛がりりしかった。難しい言葉は一つも使っていないのに、選手たち全員の思いが真っ直ぐに伝わってきた。名文とはつまり、技術でも何でもない、尊い志があるかないかによって決まるのだ、ということを教えられたような気がした。

野山君が書いてくれた色紙の言葉は『常に全力』。そう、君は全力だった。野球ができることへの感謝を、大人たちに向かって全力で表現してくれた。

創志学園は一回戦で惜しくも敗れ、校歌を歌うことはできなかったけれど、そんなことはどうでもいい。一つの勝利以上に大きなものを伝えてくれた。野山君をはじめ、今年の選抜大会を戦ったすべての選手たちに、ありがとうと言いたい。

夕食におよばれしてみたい人

写真家、ナンシー・リカ・シフが十二年をかけ、アメリカ中を取材して作り上げた本、『世にも奇妙な職業案内』（伴田良輔訳）。表紙が派手な黄色をしているせいか、本棚の前に立つとつい目をひかれ、もう何度も読んだはずのページをまためくっている。

ここには、耳で聞いただけではどんな内容の仕事なのかよく分からない、ちょっと風変わりな職業が全部で六十五、写真とともに紹介されている。筆者の序文によれば〝レーダーの圏外で生きている人々〟の仕事の記録、ということになる。

例えば、ポテトチップ検査士、ビンゴ読み上げ人、犬嗅《か》ぎ人、ミミズ農場主、パン割り……。こんな職業名が並ぶ。短いながらも紹介文にはどれも、プロフェッシヨナルたちに対する尊敬の念と、ユーモアのセンスがあふれ、読んでいて飽きない。職場で撮影された写真の中で、彼らの多くは微笑を見せている。もちろん例外もあって、譜めくりのイェルニックさんは、有名バイオリニストの伴奏をするピアニストの譜面をめくっているのだが、〝裏方の裏方〟に徹するように、ただ真剣に譜面のみを見つめながら、薄暗がりの中に身を潜めている。

わけもなく心ひかれ、あれこれ想像を巡らせてしまう職業がいくつかある。自分もやってみたい、というのではなく、もし隣人にこういう人がいたら、夕食におよばれしてみたいなあと思うような職業だ。

コインみがきのバットライナーさんは、二十年間、ホテルでコインのクリーニングを担当している。一セントから二十五セントまで四種類のコインを、毎朝、銀器磨きにかけてぴかぴかにする。彼の仕事場は宿泊客はもちろん、従業員でさえそんな部屋があるとは気づいていない、ひんやりとした地下の小部屋だ。そこで来る日も来る日も、ただコインだけを相手にしている。どんなに心をこめて磨いたとしても、一セントは一セントのままでしかないのに、彼は手を抜かない。嫌気がさして愚痴をこぼしたりするようなこともない。お客さんがお釣りを受け取った時、ほんの一瞬、磨き抜かれた手触りに気分をよくする。その一瞬のために働き続ける。

あるいは、ブッカーさんはシアトルのとある水門で、魚の数をかぞえるフィッシュ・カウンターだ。産卵期が訪れると、彼女は両手にカウンターを持ち、片方の手でベニマスを、もう片方の手でチヌークを数える。彼女は並外れた動体視力を持っている。かなりのスピードで予測不可能な方向から泳いでくる魚たちを、瞬時に種類分けするのだから、これは大変な能力である。誰にでもできる仕事ではない。そのうえ大事なのは、視力によって得られた情報を両手に正しく伝える反射神経だ。右手がベニマス、左手がチヌーク。ちょっと油断すればたちまち逆になってしまう。彼女の両手に刻まれる数字は、生態系と漁業のバランスを保つための大事な資料となるのだが、水門を見つめる彼女にとってはもはや、カウンターを押すことは一種の芸術的身体表現となっている。

バットライナーさんとブッカーさんと私の三人は、時折、一緒に晩御飯を食べる。贅沢な料理ではない。ブッカーさんの目を少しでも休ませようと、魚ではなく肉を焼いて、あとはちょっと奮発してワインを開けるくらいのものだ。私たちは最も汚れのたまりやすいコインの溝について、手に最も馴染みやすいカウンターのメーカーについて語り合う。新製品の研磨剤の欠点や、眼精疲労に効くツボについて情報を交換する。そして翌朝三人は、ホテルの地下へ、水門へ、書きかけの小説の世界へ、とそれぞれ出勤してゆく。

『世にも奇妙な職業案内』はとても小さなサイズの本である。そこに登場する人々の、決して出しゃばらない節度ある精神を象徴するかのような小ささだ。この世界は、実に多くの種類の仕事で成り立っている。目立つ、目立たないの区別はあるにしても、何かしら役に立っている意味においては、どんな仕事も平等だ。一つ一つの仕事が小さなピースであって、それらが互いにつながり合って社会を支えている。

瓦礫《がれき》を運び出すために重機を操縦する人がいる。一軒一軒ガスの点検に歩き回る人がいる。泥で汚れた写真をきれいにする人がいる。おにぎりを握る人がいる。泣いている誰かの背中をさする人がいる。

誰でも何かの役に立てるのだなあと思う。「こんなことをやって、何になるんだろう」と、ふと無力感に襲われるようなことでも、実は本人が想像する以上の実りをもたらしている。

夜、眠れない時、世界のどこかで一生懸命働いている人のことを考える。コインを洗ったり、魚を数えたり、自分に与えられた役目をきちんと果たしている人の姿を思い浮かべる。すると、明日また、自分は小説を書こうという気持になれる。

とにかく散歩いたしましょう

最近、ラブがよく鳴くようになった。

昔は、三軒先の家にお客さんが来てもワンワンとうるさく吠《ほ》え、躾《しつけ》をするのに苦労したのだが、当時の鳴き方と今とではまるで種類が違っている。若い頃は、「ここは私の縄張りです。早く出てお行きなさい」と警告する、威厳のある声だった。しかし、間もなく十四歳を迎える老犬ラブに、そんな元気はない。何かを哀願するように、切なさに耐えるように、かすれた声を響かせる。

一人ぼっちにされると途端に鳴き出す。ご飯や散歩を要求しているわけではない。そばに行って体を撫でてやれば、落ち着きを取り戻し、「やれやれ。これで安心安心」という様子でうとうとしはじめる。それを確認し、二階の仕事部屋へ戻ろうと立ち上がりかけた瞬間、前肢をぴょこんと私の膝に載せ、「お願いです。どうかどこにも行かないで下さい」という目でこちらを見つめる。

老犬介護の本によれば、高く単調な声で鳴くのは老いの症状の一つらしい。やはり犬も自分の衰えに戸惑い、不安に陥るようだ。解決策は飼い主が優しくいたわってやる以外にない、と書いてある。

ところが、朝早く、まだ外が薄暗い時分に鳴き出すのには参ってしまった。眠くてたまらないうえに、あの切ない声を聞くと、夜明けの縁から闇の底へ引きずりこまれるような気分になるのだ。

獣医さんから心を落ち着かせるサプリメントを処方してもらったり、昼間、できるだけ日光を浴びさせようと無理矢理日なたに連れ出したり、退屈しのぎに嚙んでも割れないおやつを与えてみたり、あれこれ試しているうち疲労が蓄積してきた。いつラブが鳴くかとひやひやして自分の方が眠れなくなってきた。

「いつ、ラブは死ぬんだろう」

気がつくと、ふとそんな独り言をつぶやいていた。

私はかつて一度も犬の臨終に立ち会ったことがない。生物は皆一様に死ぬのだから、自分の犬だけが特別な死に方をするわけもなく、自然の摂理に任せるしかないのだけれど、最期の様子を想像できないことが不安で仕方ない。当日の朝まで散歩をしたのに、仕事から帰ってみたら息をしていなかった、「クウン」と一声鳴いて腕の中で逝《い》った、赤ちゃんの頃躾をしたとおりのきれいな伏せをして死んだ……。犬仲間の先輩たちに尋ねると、いろいろな答えが返ってきた。

なぜ私はラブが死ぬことばかり考えるのだろうか。ラブが死ねば夜鳴きから解放されるからか？　つまり自分は……。

ここまで考えて私は激しく首を横に振った。「いいや、違う」と何度も自分に言い聞かせた。犬を可愛がって、愛して、慈しんで、一日でも長く一緒にいられるよう、ただそれだけを心の底から願うことができればいいのに、残念ながら人生はそう単純にできていない。トーベ・ヤンソンが生み出した哲学者スナフキンも、『たのしいムーミン一家』（山室静訳）の中で、

「生きるってことは、平和なものじゃないんですよ」

と言っている。

さて、夜鳴き防止に一番効果があったのは、寝る前にもう一度散歩をすることだ

った。結局、朝四十分、夕方三十分、夜二十分、一日に三回の散歩となった。

夜の十時過ぎ、住宅街を一緒に歩き、公園の植え込みをクンクンする。家々に明かりは灯っているものの、誰ともすれ違わない。月だけが私たちを見守っている。

考えてみれば、以前にも夜中に散歩をしたことが何度かあった。それはたいてい非常事態が起こった時だった。主人が胆石の発作で病院に運び込まれた時、ソフトボールの試合で息子が怪我《けが》をした時、父が危篤になった時、そしてお葬式を出した時。

疲れきって家に帰ると、ラブがお利口に待っていた。ご飯ももらえず、散歩にも行けないままずっと放り出されていたのに、文句も言わず、待ちくたびれた様子も見せず、それどころか「何かあったんですか。大丈夫ですか」という目で私を見上げ、尻尾を振ってくれた。散歩に出ると、普段と違う暗闇に怖れることもなく、いつも以上に元気に歩いた。その時々の不安を私が打ち明けると、じっと耳を傾け、「ひとまず心配事は脇に置いて、とにかく散歩いたしましょう。散歩が一番です」とでも言うかのように、魅力的な匂いの隠れた次の茂みを目指してグイとリードを引っ張った。

「ラブ、鳴いてもいいんだよ」

もう既に颯爽《さっそう》と歩くことができず、後ろ足をよろよろ引きずっているラブに向かって私は言った。

「撫でることで少しでもお返しできるのなら、いくらでも撫でてあげるよ」

耳の遠くなったラブは、私の声に気づきもしないまま、ただ月を見上げるばかりだった。

ご安全に

先日、言語の生物学的起源を研究しておられる、岡ノ谷一夫先生の研究室へお邪魔した。研究棟の階段を上っている時、壁に貼られた〝危険シャワー〟の文字が目にとまった。

危険シャワー。一体、何であろうか。太々とした文字がいかにも危うい雰囲気をかもし出している。しかも貼紙は一枚だけではない。いたるところに貼ってある。しつこいくらいに何度も、警告を発している。

単純に考えれば、シャワーの危険性を訴えているのだろう。そう、確かにシャワーは安全な装置とは言い難い。サスペンス映画に登場するヒロインの多くはシャワー中に襲われる。何しろ裸なのだから無防備この上ないし、水の音と湯気が犯人の気配を消してしまう。だから私はホテルの浴室を使う時、怖くていつもドアを開けっ放しにしておくくらいだ。

ところが岡ノ谷先生の説明は実に意外なものだった。

「危険な薬品に誤って触れた場合、すぐに洗い流せるよう、シャワーの位置を明示してあるのです」

この貼紙はシャワーの危険性とは無関係だった。むしろ逆に、シャワーがここにあるありがたみを知らしめていたのだ。

しかし私の頭の中では今でも、研究に行き詰って苦悩する若い大学院生が、姿の見えない凶悪な犯人に怯《おび》えながら、立ち上る湯気の中でシャワーを浴びている。いつシャワーカーテンに人影が映るかとびくびくしている。研究棟のあちらこちらで悲鳴が炸裂《さくれつ》するが、水音に紛れて何も聞こえず、助けに来る者は誰もいない。

簡単な言葉にもかかわらず、新鮮な響きを持つものは他にもたくさんある。例えば、製鉄所に勤める主人と結婚したばかりの頃、会社からの電話に「ご安全に」と言って出るのを聞いて、とても驚いた。もしもし、でも、こんにちは、でもなく、ご安全に、なのだ。かつて私の周囲にそういう挨拶をする人はいなかったが、別に特殊な言葉ではないのだろうか。私が知らないだけで、世界のどこかでは毎日、ごく当たり前に「ご安全に」が行き交っているのかもしれない。

良い言葉だと思う。安全、だけならどこか頑《かたくな》でよそよそしい感じなのに、前後に〝ご〟と〝に〟を付け加えただけでたちまち、人情味があふれ出てくる。安全を何より大事なものとして扱い、相手の無事を願っている。世の中、安全にさえ気を配っていれば、大方のトラブルとは無縁でいられる。そうだ人間はもっと安全を敬うべきなのだ。という気持になってくる。

〝危険シャワー〟の横に〝ご安全に〟と書いた紙を貼ったらどうだろう。そうすればきっと若い大学院生たちも、心安らかに研究に打ち込めるはずだ。

さて、タイトルの意味がよく分からない小説を読むのは居心地が悪いものだが、その居心地の悪さが魅力になっている場合もある。穂田川洋山さんの『自由高さH』。自由も高さもごく平凡な言葉なのに、それが二つ重なると急に奇妙な味わいになる。自由高さって何だろう、と思いながら小説を読み進めてゆくも、親切な説明はなく、ただ自由の素晴らしさを高らかに謳《うた》う小説ではなさそうだ、ということだけは明らかになってくる。

結局、自由高さとはバネの長さに関する用語であるらしい。バネは重りをつければ伸びる。力を加えれば縮む。相手に合わせて自分の姿を惜し気もなく変化させる。でも時に、バネだって自由を味わいたくなる。誰かの都合に振り回されず、のびのびとありのままの自分でいたいと願う。重りも圧力もない状態での寸法、それが自由高さなのだ。

この言葉に出会ってしまったからには、私にとってバネは、もう以前のバネとは違う。子供の頃はよく道端に錆《さ》びたバネが落ちていて、それを無理に引き伸ばしたり踏みつけたりして遊んだが、悪いことをしたと思う。あれは彼の自由を奪う遊びだった。これから先、どこかでバネを目にする機会があったら、懸命に不自由に耐えている彼に、感謝の気持を捧げたいと思う。

最後にもう一つの気になる言葉。魚道。ある日、電車の窓から川岸に立てられた看板〝魚道実験中〟を目にした。私は勝手にさかなみち、と読み、獣道と同じように魚も水の中に道を持っているのか、と解釈していた。ところがつい最近、鴨川に鮎《あゆ》の魚道設置、というニュースを読み、これが、ぎょどう、であるのを知った。更に、魚が自ら作った道とは違い、ダムや堰《せき》に邪魔されて遡上《そじょう》できない彼らのため、人間がこしらえた工作物のことを指しているらしい。

しかしいずれにしても、魚だって当然、自分たちの道を持っているだろう。川や海には、人間の目には見えない地図が描かれているはずだ。その地図を私はやはり、さかなみち、と呼ぶことにする。

土に生贄を埋めた日

子供の頃はただ土に穴を掘るだけで楽しかった。当時、まだそこかしこに空き地や舗装されていない道があったので、掘るべき土を探すのに苦労はなかった。スコップで、彫刻刀で、アイスクリームの木の匙で、飽きずにいつまでも穴を掘っていた。

土の様子は少しずつ変わってゆく。最初のうち乾いてザラザラしていたのが、ねっとり湿っぽくなり、粒の密度が増してくる。手触りもひんやりして指先にまとわりついてくるようになる。

小石はもちろん、根っこ、何かの骨、種、針金、ビー玉、王冠、蝸牛《かたつむり》の殻、昆虫の羽……さまざまなものが中から出てくる。どれも、暗闇に長く浸されたせいで、地上にある時とは姿が違っている。欠けたり、錆びついたり、色がくすんでいたりする。不意に乱暴に掘り返され、皆面食らい、機嫌が悪そうに見える。

しかし私が望むような品、例えば考古学者が腰を抜かすほどの恐竜の化石や、それ一欠けらで億万長者になれる宝石などは決して出てこない。骨は焼き魚の残飯だし、ビー玉はガラスだ。

いくら延々と掘り続ける気分でいても、必ず固い岩が出てきて、私の邪魔をする。どんなに頑張ってもそれより先には進めない。がっかりしながら土を元に戻すが、なぜかいつもそこだけへこんでしまう。暗闇が漏れ出した分なのかなあ、と私は思う。

内田百閒《ひやつけん》の随筆『琥珀《こはく》』の主人公は、ただ無闇に穴を掘って宝物を探すのではなく、自ら松脂《まつやに》を埋めて琥珀を作り出そうとした。造り酒屋の息子である少年は、酒《さか》樽《だる》に封をするための松脂を職人さんから茶碗に一すくい分けてもらい、それをこっそり土の中に隠す。少年は今こうしている間にも着々と松脂が琥珀に変化しているのだ、という秘密を自分一人で背負った気分になり、妙に落ち着かなくなる。

確かに琥珀は魅惑的な鉱石だ。地味な色合いながら落ち着いた透明感があり、それでいてどこか底知れない存在感を秘めている。一方、煮こごりを連想させるか、他の鉱石にはない滋味あふれる雰囲気も持っている。去年、ポーランドを旅した時、あらゆるお土産物屋さんで琥珀が売られているのを目にし、どうしても無視できない気持になった。クラクフ市内のヴァヴェル城へ続く通りにある、無口な青年が営む骨董《こっとう》品店で、指輪を一つ買った。アウシュヴィッツで亡くなった人たちの魂がその琥珀に宿っているつもりで大事にしよう、と思った。

さて、松脂を埋めた少年は秘密の重さに耐え切れず、琥珀の生成には何万年もかかると知ったうえで、翌日の放課後に早くも掘り返してしまう。その固まりはたたずまいこそ鉱石の雰囲気ではあったが、当然美しくも何ともなく、おまけに嫌な臭いを発していた。少年はそれをちり紙に包んであっさり屑籠《くずかご》へ捨てる。たったそれだけの作品だ。

松脂が琥珀になったり、炭素がダイヤモンドになったり、三葉虫が化石になったりするのだから、土の中で起こっている出来事は人間には計り知れない。もちろん人間の世界もドラマチックではあるけれど、地中に比べればスケールが違いすぎる。地中ではあらゆる変化が、絶え間なく、地道に、根気強く為されてゆく。理にかなった周到な手順が踏まれる。地上の人間に悟られないための用心深さも備えている。百閒少年と同じように、私も昔、あるものを土に埋めたことがある。自分で作ったお話だ。

ノートの切れ端に書いたそれを折り畳み、肝油の空き缶に入れ、家の裏にあった植木屋さんの敷地に埋めたのだ。そこにはいろいろな種類の植木の他に、大きな庭石が無造作に置かれ、近所の子供たちは皆それぞれに登って遊んでいた。一つ、滑り台代わりになるほど立派で、絶妙な傾斜を持ったお気に入りの石があり、その下に私は狙いを定めた。やはり予想したほど深くは掘れず、妥協を余儀なくされたが、それでも精一杯奥深くに缶を横たえた。

「お前は生贄《いけにえ》になるのだ」

と、私は缶の蓋に印刷された男の子の写真に向かって語り掛けた。健康的にぷっくりと頰が膨らんだ、金髪の少年だった。

「私が作ったお話に生涯付き従うための、選ばれた生贄だ」

土を掛けると少年は、ちょっと迷惑そうな表情を浮かべた。

それがどんなお話だったのか、何のためにそんなことをしたのか今では少しも思い出せない。親に読まれるのが嫌だったのか、自分だけの秘密を持ちたかったのか。

小説を書きあぐねて四苦八苦している時、今、あれを掘り返すことができたら、と想像する。もしかしたら琥珀のように美しい物語になっているかもしれないのに、と夢想する。

自らの気配を消す

どんなに短い原稿でも、校閲者が目を通したあとには、何かしらチェックすべき点が赤字で示されている。長い小説の場合、ゲラをめくってもめくっても延々と赤字が連なり、たまに何の指摘もないページが現われると、かえって物足りなく感じたりする。

原稿が仕上がった時点では、「よし、これで大丈夫だ」と思っている。何度も手直しし、読み直し、もうこれ以上は無理だというぎりぎりのところまで頑張ったつもりでいる。しかし、所詮《しょせん》、私の頑張りなど高が知れているのだ。

漢字や言葉遣いの間違いだけではない。年号を勘違いする、三輪車の構造をでたらめに説明する、東西南北が入り乱れる、カワウソの肉球の数を間違える、季節はずれの花を咲かせる……。私はありとあらゆる間違いを犯す。けれど校閲者は、「こんなことも知らないのか」というあきれた気配は微塵も見せない。どの赤字にも、どの「?」マークにも、「ここ、もう一度考え直されたらいかがでしょうか」とささやくような謙虚さがこめられている。時には三輪車の図解や地図やカワウソの写真のコピーが、そっと添えられている。

校閲者たちは、それを書いた本人よりも深く原稿の世界に潜水し、本来あるべき姿になるよう黙々と修正を施す。そして役目を終えれば、何の痕跡も残さないまま静かに立ち去る。原稿が印刷された時、まるで私が最初からそう書いていたかのように、赤ペンの跡はきれいに消されている。「いいえ、違うんです。カワウソの肉球の数を私に教えてくれたのは、こちらの……」。そう、読者に向かって言い訳したくなるが、自分は校閲者の顔も名前も知らないことに気づく。

作者より深い潜水をするという意味では、翻訳者もまた同じかもしれない。村上春樹氏と柴田元幸氏が翻訳について語り合った書、『翻訳夜話』の中にこんな一節がある。

村上――原作者の心の動きを、息をひそめてただじっと追うしかないです。もっと極端に言えば、翻訳とはエゴみたいなのを捨てることだと、僕は思うんです。

自らの気配は消し、ひたすら原作者の思いに忠実であろうと努め、登場人物たちの声に一心に耳を澄ませる翻訳者の健気さを思う時、小説を書く自分の傲慢さが嫌になる。ありもしない話をでっち上げ、表紙に名前まで印刷して本屋さんに並べるとは、あまりにも図々しく、恥知らずなことではないだろうかと考えてしまう。

時折、外国から自著の翻訳本が送られてくる。自分の理解できない言葉に変身した本を手にすると、翻訳者の潜水を経たぶんだけ、小説が深みを増した気分になる。翻訳者の謙虚な手によって撫でられた作品が、新たな光を発しているかのような、思いがけない喜びがこみ上げてくる。

さて先日、とある会社の創設者が思索を深める場所として京都に求めた庵《いおり》を、見学させていただく機会があった。創設者が〝自らの宇宙観、哲学〟を封入したと言われる、見事な池泉回遊式庭園の一部に、白砂の敷き詰められた杉木立があり、日本庭園には珍しい独特な雰囲気をかもし出していた。緑や岩や水が描く曲線の連なりの中、そこだけ杉の幹の直線が空間を切り取り、砂の白色にくっきりとした影を浮き上がらせていた。

案内の方に「さあ、どうぞ」と木立の中へ促されたのだが、一瞬、足が止まった。白砂に幾筋も引かれた模様が美しすぎたからだ。どうやったらあれほど細かく等間隔の模様が描けるのか、見当もつかないほどだった。直線はどこまでも真っ直ぐ伸び、わずかな乱れもなく、それでいて作為的な雰囲気は一切見せずにすべてが自然である。地形に沿い、風に任せているうち、いつの間にかそうなった、とでもいうかのように平然としている。

私はそろそろと足を踏み出した。白砂は柔らかく、感触が優しかった。たった一歩で模様は崩れるのに、台無しになった、という感じがしない。悠々と私の足跡を受け入れている。

一通り見学を終えて部屋の中で一服している時、ふと窓の外を見て驚いた。白砂の模様が元通りになっていたのだ。私の気づかないうちに庭師の方が作業されたというのだが、まさにいつの間にか自然にそうなった、としか思えなかった。

庭師さんが庭を造るようにして、小説も書かれなければいけない。落ち葉一枚、砂粒一つ疎《おろそ》かにせず、隅々に心を配り、丁寧に手を施しながらも自らの気配は消し去る。小川洋子が悪戦苦闘してこしらえた、などという痕跡はどこにもなく、人間が誕生するずっと以前からそこにあったのか、と読者に錯覚させるような静けさをたたえた小説。

そういう小説を書くためにはやはり、誰の目にも触れないところで、たった一人で悪戦苦闘しなければならないのだろう。

フィレンツェの赤い手袋

子供の頃は、しもやけがひどくて手袋が必需品だった。小学校に上がるまでは、母の手編みのミトンをはめていた。甲のところに雪の結晶の模様が編み込まれた紺色のミトンで、右手と左手が紐《ひも》状の鎖編みでつながっていた。

少し大きくなるにつれ、親指とその他の指、二つにしか分かれていない単純な形と、片方だけ失《な》くしたりしないための長々とした鎖編みが、子供っぽく感じられるようになった。

だから五本指の、紐でつながっていない手袋を初めてはめた時はうれしかった。これぞ正真正銘の手袋だ、という気がした。しかしおっちょこちょいの私は、案の定、幾度となく片方を失くした。

大人になってしまうと、手袋との縁もほとんど切れてしまった。上品で綺麗な色の革製があれば、と思ってデパートを探してもなかなかいいものに出会えず、結局、コートのポケットに手を突っ込んで誤魔化《ごまか》していた。

ところが先日、フィレンツェを旅している時、手袋専門店を見つけた。小さな店ながら、三方の壁一面の棚に隙間なく手袋が詰り、カウンターの向こうには、腰回りのがっしりした、ちょっと怖そうな雰囲気の女性店主が立っている。観光客であふれる通りのにぎわいとは無縁を装うように、店内は薄暗く、しんとしている。

不意に、大人になった自分に相応しい手袋を長年探していたことを思い出し、勇気を出して中へ入ってみた。「いらっしゃいませ」の言葉はなく、店主はただ目配せするばかりだった。カウンターの真ん中に、丸い小さなクッションが置いてある。

ああ、そうか、この上に手を載せるんだな、と私は承知する。

思わず手を載せてみないではいられないクッションなのだ。コロンとして可愛らしく、たっぷりとした厚みがあり、古風な花柄で彩られている。今までいったい何人の人がそこへ手を置いたのか、真ん中に小さな窪《くぼ》みができているように見えるが、それも丸い形の中にきれいに馴染んでいる。

そろそろと私はその窪みに手を伸ばす。店主は相変わらず愛想なく、むっつりしている。

「新美南吉の童話『手ぶくろを買いに』の子狐《こぎつね》も、こんな気持だったのだろうか」

ふと私は思った。せっかく片方の手を人間に変えてもらい、間違った方を出してはいけませんよとお母さんに言い含められていたのに、お店から漏れてくる光に面食らって、子狐は狐の手を差し出してしまうのだ。

「このお手々にちょうどいい手袋下さい」

失敗をしでかしたのに、子狐は少しも慌てず、人間に向かって礼儀正しく接することができた。

私が店主に向かって言いたいのも、まさに子狐のこの台詞だった。

「お願いです。どうか私の手にぴったりの手袋を下さい」

しかしイタリア語が喋れない私は、ただ黙ったままでいるしかない。

「エイト」

その時、クッションの上の手を見下ろしていた店主が、突然、有無を言わせない、威厳に満ちた口振りで宣言する。そうして棚の一段から、二十種類くらいの手袋を取り出し、カウンターの上にどさっと置いた。

私の手の大きさは、どうも8号らしい。手袋は実にさまざまな種類がある。子牛、羊、スエード、手縫い、機械縫い、黒、グリーン、からし、オレンジ……。試してみたい品を指差すと、すかさず店主がところてんを押し出すのに似た木製の細長い道具で、五の指をぐいぐいと開き、手にはめてくれる。

あれもこれも、とあまりやり過ぎると店主のご機嫌を損ねるかもしれない。最初はそう思い、恐る恐るといった感じだったが、彼女は全く気にする様子はない。淡々とところてんの棒を扱うだけだ。

途中、少し大きいような気がして、7・5号の棚を指差してみたのだが、店主は首を振り、「エイト」を繰り返す。きっと何十年も客の手ばかりを見てきたに違いない店主が、そこまで言うのなら間違いなかろうと思い、やはり8号の中から探すことにする。

無事、手袋を買えた子狐は、「母ちゃん、人間ってちっとも恐かないや」と報告する。それをはめて暖かくなった両手をパンパンと得意げに叩いてみせる。

結局、私は赤色の手袋を買った。身につけるもので赤色などかつて買ったことがないのに、なぜかその色を選んでいた。それをはめた時、店主が大きくうなずいたからかもしれない。

「お前には赤が一番似合う」

エイト、と同じ口調で、そう断言しているような気がした。

「イタリア人店主は、ちっとも恐くなかった」

手袋の入った小さな袋を提げ、一人ヴェッキオ橋を渡りながら、子狐の真似をして私はつぶやいてみた。

エリック流

駅の自動券売機で切符を買い、改札を通る。これは誰に恥じることもない、ごく当たり前の行為だ。掲示板を見上げ、行き先までの値段を確かめ、鞄から財布を取り出して小銭を数える。切符を握り、改札口にそれを差し入れようとした瞬間、私は投入すべき切り込みがないのに気づく。ＩＣカード専用の改札だったのだ。たちまち私の後ろで行列が滞り、「ちぇっ」という舌打ちが聞こえてくる。

そんな時私は、「すみません。ぼんやりしていた私の責任です。何もかも私が悪いんです」と平謝りしたい気分になる。

もちろん私だって知っている。ピッとかざすだけで自由に改札を行き来できるカードがあることを。しかし、そのカードがどこで売られているのか、どういう仕組みでお金が引き落とされるのかはよく分からない。それがあれば便利なのだろうとは思う。思うけれども、従来の切符の買い方にさほどの不都合を感じていないために、カードの取得をつい先延ばしにしている。きっと面倒なのだろうなあ、と勝手に決め付けて、半ば考えないようにしている。だから舌打ちなどされると、自分の怠慢を糾弾されているような錯覚に陥るのだ。

慌てて私は、自分のような時代遅れの人間でも通してもらえる改札に移動し、できるだけ流れを阻害しないよう細心の注意を払いながら、素早く通り抜ける。

ＩＣカードがなければ電車に乗れない時代が来るのも、おそらくそう遠くないだろう。ＩＣ専用の改札機は着実に増えている。駅員さんがハサミをパチパチいわせていた時代から、それが自動になっただけでも十分な驚きであったが、こうした変化はどんどん加速度を増すものである。大学生の頃、年末に帰省する切符を取るため、ＪＲ山手線の高田馬場駅の窓口に並んだ時代はもはや遠くに過ぎ去った。

電車の切符だけではない。甲子園で野球を観るのも、ホテルを予約するのも、お芝居の切符を買うのも、パソコンや携帯が必要になってきた。仕事においても例えば写真はパソコンで送ってくれと言われる。厚紙を台にして、『折り曲げ厳禁』と赤字で書いて郵送するのは、最近の流行ではないらしい。ゲラはメールに添付されて送られてくる。それに手を入れると、小川洋子が何日の何時何分に、元の文章をどう直したか、いちいち記録される。

正直に告白すれば、私はパソコンにまつわるややこしいあれこれを、すべて主人に任せている。住所録を管理するのも、それを元に年賀状を印刷するのも、毎年春先に甲子園の切符を取るのも、彼の仕事だ。

もし主人がいなくなったら、と想像するだけで恐ろしい。私は年賀状の宛名を、一枚一枚手で書くことになるだろう。けれどそれはまだいい。ほんの二十年くらい前までは誰でもそうやっていたのだから。問題は甲子園だ。阪神の試合が観られなければ、人生の楽しみの半分以上を奪われるようなものだ。そんな人生には耐えられそうもない。

世の中が便利になればなるほど、自分の居場所が小さくなってゆくように感じるのはなぜだろう。進歩した道具を使いこなし、便利さを享受するためには、ほんのわずかな努力が必要で、その努力ができない人間はどんどん置き去りにされてゆく。

つい最近も、携帯電話を例のスマートフォンに買い換えようとお店に行ったのだが、お兄さんの説明の半分も理解できなかった。優れた機械を手に入れようとしたら、わくわくするどころか、自分の頭の悪さを思い知らされるばかりだった。

いつかきっと私は、甲子園で阪神の応援ができなくなるばかりではなく、電車にも乗れなくなる。ホテルの手配、飛行機の予約、何もかも面倒になって家から出ない。年賀状は出せず、友人は去り、写真はプリントアウトできず、思い出は消えゆく。便利な発明品に沸き立つ世間に背を向け、自分の手の届くささやかな範囲に閉じこもる。

しかし、そういう人生も悪くないのでは、と思う。ショーン・タンの絵本『遠い町から来た話』(岸本佐知子訳)を読んでいたら、台所の戸棚で寝起きする交換留学生、エリックというのが出てきた。性格も体つきもとても控えめなエリックは(頭は平べったく、手足はマッチ棒より細く、体長は十センチほどしかない)、切手や王冠やキャンディーの包装紙や、そんな小さなものにばかり興味を持つ。派手で大仰なものには近寄らず、戸棚の奥で黙々と勉強に励む。そして小さなものたちに潜む美しさの証拠を戸棚に残し、ある日ひっそりと旅立ってゆく。

そうだ、エリック流にやればよいのだ。パソコンはなくても、紙と鉛筆があれば小説は書ける。役に立たない地味で小さな物事の中にある物語を書く。そのためには台所の戸棚くらいのスペースがあれば十分だろう。

でもできれば、テレビでいいから阪神の試合は観たいけれど。

巨大化する心配事

心配のツボにはまると、なかなか抜け出せないたちだ。人生の一大事といえるくらいの重大な問題については、ある限界を超えるともう自分の手には負えなくなって、神様にお願いする気持になる。心配が祈りに変わる。ところが小さな心配事は案外しぶとく付きまとってくるので、厄介な場合がある。

今年の夏休み、イタリア旅行を計画した際、私の心を最も悩ませたのは、汽車でフィレンツェに到着したあと駅からホテルまで、果たしてタクシーに乗せてもらえるかどうか、という問題だった。サンタ・マリア・ノヴェッラ中央駅は町の北西にある。予約したホテルは、駅前広場を抜け、アルノ川に向かってくねくねとした路地を入ったところに位置している。地図によれば直線距離にして五百メートルもない。

普通ならば迷わず歩くのだが、大きなスーツケースを二つもゴロゴロと押しながら初めての外国の地を歩くのは、少々危険ではないだろうか。予定では夕方の到着になっているものの、もし汽車が遅れて夜になったり、あるいは雨が降ったりすれば、尚更《なおさら》危険の予感は高まってくる。

イタリアのタクシーの常識では、どれくらいの近距離までが許されるのか。もし鼻であしらわれ、駅前広場で立ち往生するような事態に陥ったらどうしよう。「チップを弾みますから」と、泣き落としで迫ろうか。何食わぬ顔で、「ちょっと町の全体像を見学したいから、ヴェッキオ橋を渡ってぐるっと一周して下さらない」と言おうか。しかしそんなややこしい要求をどうやって表現する？　イタリア語はグラッツェしか分からないのに……。

一度心配事が頭をよぎると、それはどんどんふくらんでゆく。心配Aが心配Bを生み、二つが合体して心配Cとなり、その間にいつしか現われたA′がCを飲み込んで巨大なXに変身する。そんな調子だ。

本当はもっと他に心を配るべき事柄がいくらでもあるはずなのだ。パスポートの有効期限は切れていないか、クレジットカードのナンバーは控えたか、常備薬はちゃんとそろえたか、旅行者用の保険には入ったか。あるいはイタリアの歴史について事前に勉強するのも有益であろう。締切を片付けておかなければならないという現実的な仕事もある。それなのに、私の頭はフィレンツェのタクシーでいっぱいになってしまった。

もっともこれは私にとって珍しい事態ではない。芥川賞の授賞式では、壇上でつまずいて転ばないかどうかだけが気がかりであったし、犬の心臓の具合が急に悪くなった時は、動物病院の駐車場に車を上手く停《と》められるかが大問題だった。父のお葬式の日には、お昼ご飯に頼んで余った巻寿司《まきずし》を、どう処分するかについて悩み続けていた。

普段とは違う緊張する場面に直面すると、無意識のうちにピント外れの心配事を作り出し、それにかまけている間に、本題をやり過ごそうとしているのかもしれない。確かに、壇のツルツルした床を見つめているうち授賞式は終ってしまったし、巻寿司のことを考えている間に父は無事、骨になっていた。

だから心配性の人の気持はよく分かるつもりだ。例えば『クマのプーさん』の登場人物の中で、一番親近感を覚えるのは、失くした尻尾の心配をするロバのイーヨーだ。

さて、いよいよフィレンツェである。ミラノから汽車に乗った時点で既に私はそわそわしていた。おかげさまで汽車が遅れる気配はなく、天気もよかったが、そんなことは大して慰めにもならない。駅とホテルの位置関係が微妙であるのに変わりはない。

ホームは観光客で混雑し、めまいがするほど暑かった。その中を私はスーツケースを押し、ホテルの名前を書いたメモを握り締めて歩いた。ホームの端を過ぎるともうすぐそこがタクシー乗り場だった。いよいよだ。どうか運転手さんが親切な人でありますように。

先頭の運転手さんは車を降り、ドアにもたれ、暑くてかなわないという表情で他の仲間たちとお喋りをしている。シャツのボタンを三つも四つも外した、黒い巻き毛の、いかにもイタリア人らしい風貌の人だ。おずおずと私はメモを見せる。

「オーケー」

えっ、本当にいいんですか？　だってすぐそこのホテルですよ、とこちらが言う間もなく、彼は陽気に答え、スーツケースをトランクに入れてくれた。何だ、心配する必要なんてなかったんだ、と安堵した途端、異変が起こった。タクシーのエンジンがかからないのだ。一瞬の間に、一度去った心配が再び戻ってきた。一体私はどうなるんだ。

結局は、後ろのタクシーに乗り換え、スーツケースも詰め替えて無事ホテルへ到着した。エンジンのかからなくなった車のことで皆大騒ぎし、ホテルが近すぎることなど誰も気に掛けていなかった。

睡眠への偏愛

いつ、どんな場合でも、私にとって最優先されるべきは睡眠である。一回や二回ご飯が食べられなくても、ちゃんと眠る時間さえ確保できれば我慢できる。どんなご馳走も、睡眠時間と引き換えにはできない。

父もよく寝る人だった。晩酌をしていい気分になるとすぐごろんと横になり、タイガースに点が入って私と弟が騒ぐ時だけ一瞬目を開けるものの、すぐにまたまどろみの中へ戻っていった。いよいよ本当に寝るべき時間になると、

「さあ、そろそろ起きて寝るか」

と言いながら布団にもぐり込んだ。

父の睡眠への偏愛体質がそっくり遺伝してしまったらしい。一日の終り、「今日

は充実していた」と私が思えるのは、家事がはかどった日でも、小説が予定以上に書けた日でもなく、思う存分昼寝ができた日である。

不眠症に悩む人が多い中、それだけ眠れるなんてうらやましいと思われるかもしれないが、実はそう簡単な話ではない。睡眠への愛が深ければ深いだけ、報われない時の落胆が大きい。止むに止まれぬ事情から、ほんの少ししか眠れなかった時の、翌朝のどんよりとした憂鬱。あるいは、海外旅行へ出掛ける際の、時差ぼけに対する恐怖。きっとナポレオンのような人には分かってもらえないだろう。

こんな私であるから、村上春樹さんの『眠り』ほど恐ろしい小説はない。歯医者さんの奥さんとして平凡な日々を送っていた女性が、突然、眠れなくなる。全く眠くならない。不眠症とは違う、もっと抽象的で根源的な現象だ、と主人公は直感する。でも原因は分からない。

長い夜、彼女はひたすら『アンナ・カレーニナ』を読んで過ごす。夫も息子もこの異常な事態に気づいていないし、彼女自身も手助けを求めようとはしない。夜の闇の中、どうしても眠りの沼に沈もうとしない自分の意識を前にして、途方に暮れている。彼女に寄り添うのは、アンナ・カレーニナただ一人だ。

これを読んだあとしばらくは、本屋さんへ行くと、『アンナ・カレーニナ』を探すよう主人公に脅されているような気持に陥り、文庫本の背表紙に恐る恐る目を走らせたりした。しかし、それを見つけても、一旦触れたら最後、二度と眠りの世界に戻れないのでは、という不安が邪魔して、手を伸ばすことはとてもできなかった。

　逆に、うらやましいくらい深くて安らかな眠りの描写に出合うと、幸せな気分になれる。吉田篤弘さんのエッセー集『木挽町月光夜咄《こびきちょうげっこうよばなし》』によると、ある日原因不明のめまいに襲われた吉田さんは、下町の病院で処方された小さな錠剤の、しかもその半分を飲む。すると〝無重力の空間を静かに下降してゆく〟ような〝本当の眠り〟を体験する。その眠りから目覚めた時、五か月間も悩まされていためまいが、〝つるんと掃除機に吸い込まれたみたいに〟治っていた。

　ああ、これだこれだ。私が追い求めているのもつまりこういう眠りなのだ。と思わず声を上げそうになった。吉田さんがうらやましかった。もちろんめまいはお気の毒な病気ではあったけれど、それと引き換えに、非の打ち所のない睡眠を味わえたのだ。体中にこびりついた錆を全部洗い清めてくれるような眠りを、一回でいいから私も味わってみたい。そう願わないではいられなかった。

ところがつい最近、私にも幸運が巡ってきた。整形外科で見放された関節の痛みを和らげようと、生まれて初めて鍼《はり》治療を試みたのだが、これが大変な効き方をした。たった一本、右手に鍼を打っただけなのに、帰りの電車の中でもう目を開けていられなくなり、家に帰ってから丸々二時間、昏々《こんこん》と眠り続けたのだ。書きかけの小説の続きも、飼い犬の心臓発作の心配も、銀行での支払いのことも、諸々《もろもろ》すべてがきれいさっぱり消え失せ、意識と肉体が完全に分離していた。私はただの一塊の肉として横たわっていた。それがこのうえもなく快適だった。

正直、本来の目的であった関節の方は、薄皮一枚楽になったかなあ、という程度だった。しかしこれほどの眠りを味わえたのだから、何の文句があろう。二回め、私は先生にやや興奮した口調で、前回どれほど眠くなったかを語った。すると先生は、

「体がゆるんだんですねえ。ちょっと、効きすぎたかもしれません。今日はそれほど眠くならないようにしましょう」

とおっしゃった。いいえ。眠くなればなるほどありがたいんです。夜、眠れなくなることはありませんから、大丈夫です。そういう体質なんです。どうか先生……

とお願いしたかったが、その時先生は既に、前回とは少し違うつぼに、鍼を打ったところだった。

先生のおっしゃるとおり、その日の昼寝はたった三十分で終ってしまった。

鳥のことばかり考えていた

朝、いつものように鳥かごの掃除をしようと思ったら、ブンちゃんの様子がおかしかった。普段は餌の殻が床にまで飛び散っているのに、ほとんど食べた形跡がなく、水も汚れていない。新しい餌に入れ替えてやっても、止まり木から動こうとしない。更には全くさえずる元気をなくし、黙ったままでいる。

よく見ると左脚が枯れ枝のように黒ずみ、いかにも痛々しい様子になっている。その左脚をお腹の下に折り曲げ、右脚一本で立っているではないか。

「どうしたの、ブンちゃん」

思わず声を上げたが、彼は不機嫌そうにするでもなく、同情を誘うでもなく、ただ丸い目で、じっとこちらを見つめるばかりだった。

この一年以上、ずっと鳥のことばかり考えていた。鳥のことばかり考える人を、小説に書いていたからだ。正直なところ、小説を書き始める前には、鳥に特別興味を持っていたわけではなかった。仕事部屋の窓から野鳥の姿が見えても、「何か鳴いているな」という程度のことだった。

ところがある日突然、何の種類か分からないが、とにかく鳥が私の中に飛び込んできて、かつて耳にしたこともない美しい声で、求愛の歌をうたいだした。ついうっとり耳を傾けているうち、私はもう逃げられないと悟った。私が彼に差し出せる愛とはつまり、小説なのだ。

今までもずっとこんなふうにして小説の題材と出会ってきた。いつも不意打ちで、理由がなかった。なぜ今鳥なんだろう、と考える余裕をこちらに与える暇もなく、彼自身が「鳥なのだ」と高らかに宣言しているのだった。

以来、鳥に関わりのある本を読んだり、野鳥の保護活動をしている方にお会いしたり、鳥のさえずりを研究している先生に取材したりしながら、小説の姿が見えてくるのを辛抱強く待っていた。もちろんペットショップに行って、自分でも小鳥を飼うことにした。文鳥のブンちゃんだ。そうこうしているうちに少しずつ潮が満ちてきて、「さあ、今だ」という合図があって（この合図も鳥がさえずりで教えてくれる）、ようやく一行めをスタートさせた。

十分予想できたことではあったが、鳥は皆、私が思うよりずっと賢かった。オオニワシドリはメスの気を引くため、ステージを作り、色ガラスをくわえて光の演出をしたり、色鮮やかな頭の毛を見せてダンスを披露したりする。十姉妹《じゅうしまつ》はより複雑で高度な歌をマスターする練習のため、他の鳥に邪魔されない孤独な時間を求める。渡り鳥は人間にも解明できない能力により、長い旅を経て求める場所へたどり着く。梨木香歩さんは『渡りの足跡』の中で、毎年同じ個体のジョウビタキがシベリアから自宅の庭へ渡ってくることについて、こう書いておられる。

〈……この小さな他者への畏敬《いけい》の念は、傲慢な人間であることの罪から、少し私を遠ざける気がする〉

取材の過程で出会った鳥の中で最も印象深いのは、『ある小さなスズメの記録』（クレア・キップス著／梨木香歩訳）に登場するクラレンスである。羽に奇形があり、瀕死《ひんし》の状態で地面に落下しているところをキップス夫人に救われた彼は、手品を披露し、ピアノに合わせて歌い、夫人の息子、あるいは一番の親友となって彼女を慰めた。

ある日、礼拝用の小さな本『日々の光』を無造作に開き、クラレンスと一緒に写真を撮ろうとしたところ、彼がくちばしで指した文章は、「スズメは二羽まとめて一銭で売っているほどのものである。しかしそういうスズメの一羽ですら、主の許しなしでは、地に落ちることもかなわないではないか」というものだった。

こんな奇跡を指し示すことができるくらいに鳥は賢い。星座を記憶し、磁気を読み、歌を芸術の域にまで極める。人間を慰め、話し相手となり、死者の魂を空に運ぶ。ただ残念ながら愚かな人間は、彼らの言葉が理解できない。本来理解不可能なはずの言葉を、物語の中でさえずれば、何かが伝わるのではないか。私の中に飛び込んできた鳥は、もしかしたらそんなふうに考えたのかもしれない。だから今私は、一生懸命耳を澄ませながら小説を書いている。

さて、ブンちゃんだが、二、三日様子を見ているうちに少しずつ元気を取り戻してきた。日に日に脚が赤みを取り戻し、二本脚で止まり木をつかむ時間が増えた。何より大事なのは再び歌いだしたことだった。掌で包めるほどの小さな体の中に、ブンちゃんは自分を治すための力をきちんと持っていた。

これでやっと小説の続きが書ける。ブンちゃんが次の一行をさえずってくれなければ、私は先に進めないのだ。

早くお家に帰りたい

〈「帰る」ということは、不思議な魔物だ。「帰ら」なければ、悔いも悲しさもないのである。……帰るということの中には、必ず、ふりかえる魔物がいる〉

坂口安吾はエッセー『日本文化私観』に、そんな一節を残している。怒る母親も奥さんもいない一人暮らしなのに、なぜか外出先から家に帰ってくると、変な悲しさや後ろめたさを感じる、と。

夜、電車に乗っている時、「ここにいる一人一人は皆、どこかへ帰ってゆくのだなあ」という当たり前の事実をかみしめることがある。そこは自分の家かもしれない。あるいは出張先のホテル、友人宅、公園の段ボールハウス等々、種類はいろいろだろうが、とにかく帰るべき場所がどこかにある。

そういう着地点を一切持たず、宇宙を旅する素粒子のように、あてどもなくさ迷い続けている人間はいないのだ。たぶん。

安吾はどんなに愉快にお酒を飲み、女の人と戯れて、自由に振る舞っていても、家へ帰る段になると途端にその自由な気分がしぼんでゆくらしい。自分と家をつなぐ糸がしっかり結ばれているからこそ、安心して外の世界へ飛び出してゆけるとよく分かっていながら、同時に、一人玄関の鍵を開ける時、糸の先を握った見えない魔物に操られているような、畏れを感じていたのだろうか。

子供の頃、母と一緒にデパートで買い物をする時の私の口癖は、「早く帰ろう」だった。バスを降り、デパートに入って一階を一回りしたあたりからもう、そわそわと落ち着かなくなってくる。エスカレーターに乗り、上の階へと上ってゆくにつれ、人の波と商品の多さに圧倒されて息苦しくなる。春物の靴と鞄を見たい、洋服も何枚か試着したい、できればブラウスの一枚くらい買おうかしら、とうきうきしている母に向かい、遂《つい》に私は口を滑らせてしまう。

「早く帰ろう」

母はうんざりした表情を浮かべて言い返す。

「たった今、来たばかりじゃないの」

毎回、この繰り返しだった。

あの頃、どうしてもっと気長に母に付き合ってやらなかったのだろう。岡山の田舎に暮らす平凡な専業主婦の母にとって、たまのデパートでの買い物がどれほど心弾む喜びであったことか。母は簡単には帰りたくなかったのだ。単調な日常、という魔物からひととき離れ、結ばれた糸を目一杯のばして思いきり無邪気に楽しみたかったのだ。

食堂のお子様ランチ、屋上のメリーゴーラウンド、パラソルチョコレート一個。母はご機嫌取りの案を一つ一つ繰り出して、どうにか娘を黙らせようとする。しぶしぶ我慢しながらも、私の息苦しさはひどくなる一方で、結局帰りのバスの中では母娘とも、疲れきってむっつりしている。

私の帰りたい病は今も治っていない。明日は一日、どこへも出掛けなくていいんだ、と思いつつ寝床へ入れる夜は、心が安らかですっきりしている。しかしどうしても外出しなければならない予定があると、上手く眠れない。その外出先が家から遠く離れていればいるほど、不安は大きくなる。

子供の頃の私にとってはバスで二十分のデパートさえ、二度と帰ってこられないのでは、という恐怖を抱かせるほどに遠い場所だった。さすがに大人になって少しは進歩し、新幹線で二時間半の東京くらいまでなら誤魔化せるようになったが、それ以上になると、心を落ち着かせるのは難しい。先日、用事で埼玉県の和光市へ行った時も、新幹線を降りたあと、電車を乗り継いで未知の所へ向かうと考えただけで胸がドキドキした。実際は東京駅からほんの数十分ほどで到着し、大したことは何もなかったのだけれど。

家の外へ出ることの、私は一体何が怖いのだろうか。自分でも上手く説明できない。遠く離れた場所には、感動的な風景が広がっているかもしれない。家に閉じこもっていては出会えない人たちと、言葉を交わすチャンスだってあるだろう。にもかかわらず、心の片隅に巣くう、もし帰れなくなったら、というささやきからは自由になれない。

たぶん、あまり遠くへ行きすぎて、糸が切れてしまうのが心配なのだと思う。安吾の言うようにたとえ魔物だとしても、何者かが自分をつなぎとめていてくれるなら、たどり着く先も分からないまま、漆黒の宇宙に放り出される可能性はない。

しかし、外出が怖いくらいにお前の家は居心地がいいのか、と尋ねられると答えに困る。やはり私の家にも魔物はいる。私を待っているのは、いつでも、書きかけの小説だ。どうもがいても、そこからは逃れられない。

編集者と打ち合わせをして、スーパーで買い物をして、私は家へ帰る。そうしてパソコンを開き、小説の前に座る。そこには、宇宙の漆黒よりも深い闇が満ちている。

あとがき

四年近く、毎月一度、毎日新聞にエッセイを書いてきました。本書はそれを一冊にまとめたものです。無事、連載を終え、やれやれと思う間もなくラブが死にました。エッセイにしばしば登場し、本書のタイトルのもとにもなった、ラブラドールのラブです。十四歳と六か月でした。

犬が死んで一番変わったのは、散歩をしなくてもすむようになったことです。朝晩、毎日毎日散歩をし続けてきました。インフルエンザで四十度近い熱があった日も、台風で暴風雨警報が発令されていた日も、やっぱりラブと一緒に歩きました。ラブとの生活はそのまま、散歩に集約されると言ってもいいでしょう。

正直、何度も面倒に思いました。差し迫った原稿に追われている時など、一人で勝手にそのあたりを歩いてきなさい、と言いたくなりました。

しかし、彼を失ってみてようやく、自分が散歩によっていかに心の平静を得ていたか、思い知らされています。歩きながらいつも私は、書きかけの小説の行き詰った状態を整理整頓し、次の場面で目指すべき方角を見定めていました。あるいは、混乱した現実問題を解きほぐし、「まあ、どうにかなるだろう」という結論を導き出していました。こんなにも自分はラブに助けられていたのか、と、今頃になって気づいている始末です。

仕方がないので今は、一人で歩いています。小説を書くのに疲れた時、嫌なことがあった時、「そうだ、散歩をすればいいのだ」とつぶやき、日焼け止めクリームを塗って家を出ます。ラブと一緒の時には必需品だったリードと、用を足すのに必要な袋は、もういりません。何より傍らに寄り添う四十キロの巨体がいないのですから、手持ち無沙汰です。どの樹木にも茂みにも、クンクンにおいをかいでいたラブの面影が残っています。淋しくて辛いのですが、だからこそやっぱり散歩が必要なのです。

小説を書き続ける限り、いえ、生きている限り、私は散歩をするのでしょう。

本書を手に取って下さった読者の皆様、どうもありがとうございます。この本を読んでいる間、何も邪魔するものがない静かな場所を、散歩しているかのような気持になっていただければ幸いです。

最後になりましたが、毎日新聞社の有本忠浩さん、三輪晴美さん、そして連載時から本になるまで、ずっとその可愛らしい絵で私を励まして下さった寺田順三さん、どうもありがとうございました。

二〇一二年六月

小川洋子

著者と10歳のラブ
撮影・近藤俊哉（文藝春秋写真部）

文庫版のためのあとがき

このたび『とにかく散歩いたしましょう』は、装いを新たにし、文庫本の形で生まれ変わりました。これを機会に、引き続き読者の皆様に愛していただければ幸いです。

単行本の出版から三年。相変わらず私は散歩し続けています。いまだラブの記憶は生々しく、事あるごとにそれを蘇らせ、彼が生きていた頃の感情を繰り返しかみしめているせいか、なかなか新しい犬を飼う気分にはなれません。散歩のお供はラブの思い出です。

さて本文では、物忘れがひどくなったとか、電車の改札でもたつくとか、忍び寄ってくる年齢的な変化を嘆いている私ですが、その現象はいっそう加速度を増しています。ある朝起きてみると、目の中を黒いもやもやとした糸くずが漂っていて、慌てて目医者さんに駆け込んだところ、「加齢です」の一言で済まされてしまいました。また、二週間に一回くらい、明け方、ふくらはぎが攣ってひどく痛みます。ネットで調べた結果、「高齢者によく起こる現象です」との一行を発見し、いくら何でも高齢者には少し間があるなあと思いつつも、ああ、またかと、大人しく納得したのでした。

しかし当然ながら、年齢的変化は悪いことばかりではありません。どんなささいな物事にも、簡単に感動できます。つい先日も、散歩の途中、駅のそばの踏み切りに立っていたところ、しきりに母親に向かって話し掛けている、三つくらいの男の子に目が留まりました。

「こっちより、あっちの電車の方が長いね」

「車輪がついてるね」

「青い線が入っているよ」

「プシューって音がしたね」

母親の手を握り締め、一生懸命電車について語っています。母親は「そうね」と言って優しくうなずきます。西に傾きかけた太陽の光が、彼の透き通る頬と産毛を照らしています。

何という場面でしょうか。つい三年前には、間違いなくこの世に姿形さえ存在していなかったはずの小さな生きものが、まだ上手く回らない口で、覚えたばかりの言葉を駆使し、電車を描写しているのです。目の前にある鉄の塊をその瞳にとらえ、一つ一つ、言葉を与えているのです。

私にとっては電車という以外の何ものでもない乗り物が、彼にとっては長さの違いによって分類可能な、車輪と青い線を持つ、プシューと音を発する驚異的な物体になる。これこそが奇跡だ。と私は、心の中でつぶやきました。

やがて警報機が止み、遮断機が上がりました。自分の発した言葉が、隣に立つおばさんにどれほどの感動をもたらしたか気づきもしないまま、男の子はスキップしながら線路を渡ってゆきます。その背中に向かい、私は思わず両手を合わせ、未来の幸福を祈らないではいられませんでした。

このようにして機嫌よく、私の散歩は続きます。最近、頭の中ではよく『君の瞳に恋してる』が流れています。アメリカの音楽グループ、ザ・フォーシーズンズを描いた映画、『ジャージー・ボーイズ』を観て以来、彼らの音楽にはまっているのです。

I love you baby……
And let me love you, baby……

（作詞・作曲　Bob Crew & Bob Gaudio）

これほどまで究極に簡潔な愛の歌をしみじみと味わえるのも、やはり年齢のおかげでしょう。若い頃には「他愛もない」の一言で片付けていました。しかし今では違います。もしこのｙｏｕが、踏み切りの少年のような愛すべき男の子だったら？　そう考えると、見えてくる風景は全く違ってきます。この世界に、取るに足らないものなど、何一つないのです。

私は踏み切りを渡り、川沿いの並木道を南に向かって歩いてゆきます。落ち葉を踏みしめ、川原に下り、橋をくぐり、再び浮上して国道を越えます。やがて潮風のにおいがしてくれば、海はもうすぐそこです。浜辺でのんびり寛ぐ、カップルや家族連れの姿が見えてきます。

お構いなく私はずんずん進みます。砂に靴を埋め、飛沫に足を濡らし、波に身を沈めてもまだ恐れを知りません。ジャングルをかき分け、砂嵐をやり過ごし、洞窟を探索します。スコップで足元を掘り、一個一個小石を拾ってはポケットにしまいます。

そんなふうに、小説でしかたどり着けない場所を探して、散歩に明け暮れています。

改めて、毎日新聞連載時からお世話になった有本忠浩さん、三輪晴美さんに心からの感謝を捧げます。また、文庫化に際しご尽力下さった、今泉博史さん、ラブの姿を表紙に留めて下さった寺田順三さん、ありがとうございました。

ここにおさめられた、「取るに足らない」エッセイのうち、たった一つでも、どなたかにとっての奇跡になれば、と願いつつ。

二〇一五年五月

小川 洋子

解　説

津村記久子

小川洋子さんの文章を読む前は、いつも「怖い」という気持ちに苛まれる。文章自体はもちろん、視点の興味深さや発想も、あまりにわたしが届かないところにいる方で、自分のろくでなしさを省みてしばらく立ち上がれないんじゃないかと足がすくんでしまうのだ。

なのにである。そこまでひるんでおいてなんなのだが、いったん読み始めると、完全に小川さんの世界に取り込まれてしまって、にやにや笑いながら超満喫している。この本はエッセイ集ということで、小川さんの物事への独特の視点やこだわりが小分けにされているため、より気軽な形でその世界を往来できるようになっている。そして、遠い所に連れて行ってもらったような、もしくは、小さい体に縮んで、小川さんの机の上やご自宅や庭を探検させてもらったような気分で本を閉じるのである。

四十六篇という収録本数の多さもあって、取り上げられていることはバラエティ豊かである。本のページを粘り強くめくる姪っ子さんが［る］を指差していることに気付いて、文字と人との原初的な関係に思いをめぐらす、という一篇めからして、すでに小川さんの視点に相乗りさせてもらっているような感覚に陥る。かと思うと二篇めでは、森鷗外と森茉莉の親子関係に焦点を当てながら、小川さんの人の親としての側面がのぞく。ここで、小川さんのような比類ない内的世界を持っている人が、親という立場でもあるんだという（もしくはその逆も）不思議さというか、豊かさにはっとするのである。

二篇めにしてわたしは早くも泣いてしまったのだが、笑いどころも大変多い。かぎ針編みのお花のモチーフの作り方の説明の部分は、何回読んでも笑ってしまう。〈名文悪文の基準を超えた、前衛小説のようにシュールなこんな一文〉と小川さんはおっしゃるのだけれども、かぎ針編みの作り方の説明を名文か悪文かというはかりにかける視点そのものがシュールで、自分も手持ちの手芸の教則本を仔細に読んでみたくなる（それにしてもかぎ針編みは難しそうだ……）。

ハダカデバネズミに関する一連の文章も注目である。〈「はい、おっしゃる通り。

私は裸で出っ歯です」と見事に自分を肯定している〉とハダカデバネズミの代弁をする部分は、やはり笑える。そして、ハダカデバネズミの女王、肉布団係の働きデバ、兵隊デバの気持ちが熟考され、気が付いたらわたしも、極端に太った兵隊デバの孤独な決意に思いを馳せている。新たな群れを作るために旅立つ彼の魂は、毅然と誇り高いものを感じさせてくれるのだが、同時に見た目は極端に太ったハダカデバネズミであることが容易に想像されて、ぶっと吹き出してしまう。その後、小川さんはついにハダカデバネズミと対面を果たすのだが、その時の小川さんのハダカデバネズミ実物の鳴き声への詩的な感慨、そして実際に小川さんの手に触れたハダカデバネズミの反応というのも、一筋縄ではなく興味深い。

デバとの邂逅のような現場的なエピソードではない、たとえば本棚における背表紙同士の関係や、めずらしい職業に就いている人々についての本を読んだこと、イタリア旅行に関する不安についてなどは、まるで小川さんの小説の片鱗を拾うような、奥行きと拡がりのあるイメージに満ちている。「背表紙たちの秘密」という一篇は、エッセーの短さでありながら、大きな小説を読んだかのような深い満足感にひたらせてもらえる。『サイのクララの大旅行』という本を真ん中に、周囲を子供を主人公にした本が挟んでいる、というところからの小川さんの想像を描いているのだが、思わず自分もそこに物語を見出そうと自宅の本棚をじっと眺めてしまう。まるで小川さんに、おもしろい遊び方を教わったような気分にもなる。

そして「これは絶対に読もう」と思った『世にも奇妙な職業案内』からの、いくつかの職業の紹介の後の、コインみがきのバットライナーさんとフィッシュ・カウンターのブッカーさんと小川さんが、時折一緒に晩ごはんを食べるという展開は、充足感と親しさに満ちている。個人的には、この本の中では最も好きな一節で、バットライナーさんとブッカーさんと小川さんが、にぎやかではないけれども話が途切れない様子で食事をしている光景を何度も想像した(場所はなぜか、バットライナーさんが仕事をしている地下の小部屋である)。

また、完全に抽象的な物事を、小川さんの言葉で目に見える形に文章化してもらえる場合もある。小川さんはイタリア旅行で、フィレンツェの駅から約五百メートルの距離を乗せてくれるタクシーを拾えるのかということを出発前から非常に不安に思っていたとのことなのだが、その不安の形態を表す文章が秀逸である。〈一度心配事が頭をよぎると、それはどんどんふくらんでゆく。心配Aが心配Bを生み、二つが合体して心配Cとなり、その間にいつしか現れたA´がCを飲み込んで巨大なXに変身する〉。もう、まさにこれである。というか、小川さんもこんな小さなこと（わたしからしてもすごくわかるというたぐいの不安なのだが）を不安がることがあるのか……、と小さく驚きつつ、不安が膨張してゆくイメージに激しくうなずく。うなずいて不安が消えるわけではないのだが、今後、あー今Cになった、だめだXになりそうだ……などと実況しているうちに、小川さんがフィレンツェでなんとかなったことを思い出して少しは気が休まるだろう。

本棚での本の並びや、バットライナーさんとブッカーさんとの食事会や、タクシーをつかまえられるかどうかの不安については、どれも様相の異なる物事だけれども、共通しているのは、「そこにあること」からふっと浮き上がるような、小川さんの豊かなイメージである。読者も、それに包み込まれるようにして、気が付いたら心を離陸させてもらっている。そこで頭を突っ込むイメージの雲の中で見るものを、小川さんが丁寧な言葉でほどいてくれる読書は、エッセイの枠を超え、不可思議さのふところへと分け入るような体験に満ちている。その一方で、坂道を転がってきたサッカーボールをキャッチし、持ち主の男の子に返した時に「ありがとう、ゴールキーパー」と言われ、自分は川島なのかカシージャスなのかと考える、愛らしいとすら言えるストレートさもあって、とても緩急に富んでいる。

いくつかの文章からは、小川さんが小説を書く時の姿勢のようなものもうかがえて、小説の書き手の端くれの自分としては、息を詰めるようにして読んだ。小川さんがとても興味があるという盗作について言及した文章の後半、〈一生懸命に書く、という意気込みが、一生懸命に聞く、と変わってからが、本当の小説のスタートである〉という言葉は、まさしくその通りだと思える。「自らの気配を消す」という文章では、ある日本庭園の模様が引かれた白砂の上を歩いて足跡を付けた後に、白砂の模様が元に戻っていたという体験が語られる。そうして小川さんは、〈庭師さんが庭を造るようにして、小説も書かれなければいけない。落ち葉一枚、砂粒一つ疎かにせず、隅々に心を配り、丁寧に手を施しながらも自らの気配は消し去る。(中略)そういう小説を書くためにはやはり、誰の目にも触れないところで、たった一人で悪戦苦闘しなければならないのだろう〉と書く。身を正される思いがする。

小川さんの視点、そして小説を書くということについてに加え、もう一つの軸と言えるのが、小川さんのご両親や旦那さん、息子さん、ラブラドール犬のラブ、文鳥のブンちゃんといった身近な人々や動物たちのことである。特に、痴呆になったお父さんに著書を渡すと「こんなに書いたら、死んでしまう」という反応をされるという一節は強烈に印象に残っている。そして表題作ともなっている「とにかく散歩いたしましょう」をはじめとしたラブに関する文章は、どれもラブのかわいらしさと、ラブに迫る老いの寂寥感に満ちている。とはいえ、ラブが交通事故に遭ってしまったことと、嵐のCDが自宅に届くことが重なる記述には、当時の小川さんの心境を考えるととても申し訳ないのですが、なんだかやっぱり笑ってしまうものを感じる。悲しさや不安の中に溺れてしまう前に、心をそっと岸に引き戻すかのような、穏やかなバランス感覚が、そこにはあるのだ。

小川洋子さんという一人の女の人の中に、これだけ豊かな世界や、ものの見方が詰まっているのかと思うと、基本的には驚きの一言なのだけれども、行間に吹いている風はあくまで心地良く優しい。まるでその驚きなどなかったことにするように。それは本当に「庭師が庭を作るよう」な様子でもある。この本を手に取ったなら、きっと、あなたがいい気分の時もつらい気分の時も、小川さんは傍にいて、そっと話しかけてくれるだろう。

（作家）

本書の無断複写は著作権法上での例外を除き禁じられています。
また、私的使用以外のいかなる電子的複製行為も一切認められておりません。

文春文庫

とにかく散歩《さんぽ》いたしましょう

定価はカバーに表示してあります

2015年7月10日　第1刷
2022年12月15日　第3刷

著　者　小《お》川《がわ》洋《よう》子《こ》
発行者　大沼貴之
発行所　株式会社 文藝春秋

東京都千代田区紀尾井町 3-23　〒102-8008
TEL 03・3265・1211(代)
文藝春秋ホームページ　http://www.bunshun.co.jp

落丁、乱丁本は、お手数ですが小社製作部宛お送り下さい。送料小社負担でお取替致します。

印刷・凸版印刷　製本・加藤製本
Printed in Japan
ISBN978-4-16-790412-8